# 인간관계 정리 상자

인생의 모든 고민을 해결해 주는 관계의 심리학

# 인간관계

## 정리 상자

호리우치 야스타카 지음 | 최우영 옮김

생각의
날개

# 인간의 모든 고민은
# 대인관계에서 시작된다

## 인간관계 고민을 단숨에 정리해 주는 '세 가지 상자' 이론

나는 세미나와 강연에서 첫마디로 자주 이렇게 말하곤
한다.

"저는 여러분께 1도 관심이 없습니다."

그러면 수강자 모두가 크게 웃는다. 하지만 이는 결코
웃기려고 하는 소리가 아니다(조금은 노렸을지도 모르지만).

물론 참석해 준 수강자들에게는 항상 깊이 감사하고
있고, 어떤 세미나와 강연이든 내가 할 수 있는 한 최선
을 다하고 있다. 하지만 감사하는 마음이 드는 것과 수강
자 개개인의 인생에 흥미를 갖는 것은 별개의 이야기이

다. 사실 나는 세미나와 강연에 모인 사람들이 어디에 사는지, 어떻게 생활하는지, 좋은 사람인지 나쁜 사람(?)인지 등에 대해 별로 관심이 없다.

한마디로 "어떤 사람이든 상관없다."라는 말이다. 만약 친구나 연인이라면 '이런 사람이 좋다.'라는 취향이 있을 수 있다. 하지만 수강자는 내 취향일 필요가 없다. 조금 세게 말하자면, '어떤 사람이든 상관없다. = 어떻게 되든 상관없다.'

어째서 이런 이야기를 하는가 하면, '아무래도 상관없는 사람'과 '그렇지 않은 사람'을 나누는 기술이 인간관계의 고민을 해소하는 데 가장 중요하기 때문이다.

이 책을 읽겠다고 결정한 사람은 크건 작건 인간관계에 고민이 있으리라 생각한다. 인간관계에 관한 고민은 여러 가지가 있겠지만, 그 근본적인 이유는 아주 단순하다. '아무래도 상관없는 사람'과 '그렇지 않은 사람'을 혼동해서 아무래도 상관없는 사람까지 중요하게 생각하기 때문이다. 자주 만나지 않는 사람이나 자신의 인생에 깊게 관련될 가능성이 낮은, 아무래도 상관없는 사람에게도 그렇지 않은 사람과 마찬가지로 잘해 주려고 노력하거나 시간을 쓰고 있어서 인생이 고달파지는 것이다. '아무래도 상관없는 사람'을 위해서는 노력하지 않아도 된다. 이 점 하나만 받아들여도 마음이 아주 편해진다.

'다른 사람과 관계를 맺는다.'라는 것은 인생의 시간을 그 사람을 위해 쓴다는 뜻이다. 하지만 '아무래도 상관없는 사람'을 위해 자기 인생의 귀중한 시간을 쓰고 싶은지 물어본다면, 누구라도 분명 "NO."라고 대답할 것이다. 자신에게 주어진 시간은 유한하다. 그러므로 먼저 자신을 위해 시간을 사용해야 한다. 진심으로 함께하고 싶은 사람과 만나고, 하고 싶은 일을 우선으로 하는 등 '자신을 소중히 하는 마음'을 인생의 중심에 두어야 한다. 그렇게 하면 당연하게도 함께하고 싶지 않은 사람에게 쓰는 시간이 적어진다. 가고 싶지 않은 회식에 참석하는 일이나 마지못해 가는 식사 자리도 없어질 것이다.

그렇다면 과연 어떻게 '아무래도 상관없는 사람'과의 만남을 줄일 수 있을까? 정답은 단 한 가지, 인간관계 정리에 있다. 하지만 많은 사람이 인간관계를 분류하거나 정리하는 방법을 모른다. 왜냐하면 아무도 가르쳐 주지 않기 때문이다. 그런 점에서 이 책은 관계의 분류와 정리를 통해 인간관계의 고민을 해결해 주는 책이라고 할 수 있다.

이 책에서는 인간관계를 '세 가지 상자'로 분류하고 있다. 이 '세 가지 상자' 이론을 바탕으로 관계를 새롭게 정리한다면, 복잡해 보이는 인간관계도 안개가 걷히듯이 분명하게 보일 것이다.

- 자주 부딪히는 직장 동료
- 그냥 고객
- 스트레스를 주는 직장 상사
- 지나치게 간섭하는 친구

이런 사람들은 당연히 아무래도 상관없는 사람이다. '아무래도 상관없는 사람'과 '그렇지 않은 사람'을 나누는 이유는 각각 대하는 방법이 다르기 때문이다. 아무래도 상관없는 사람을 대하는 방법은 따로 있다. 물론 이는 단순히 상대를 무시하거나, "이제는 너를 만나지 않을 거야."라며 절교를 선언하거나, 메신저를 차단하는 등의 극단적인 수단이 아니다. 상대가 전혀 눈치채지 못하도록 자연스럽게 거리가 멀어지는 방법을 말한다.

이 책에서 설명할 '인간관계 정리 상자' 이론의 최대 장점은 상대를 바꾸려고 하거나 상대와의 관계를 끊어 버리지 않아도 된다는 점이다. 그냥 내 마음속에 '상자'를 만들어 분류하기만 하면 된다. 물론 이 '상자'의 존재를 상대는 알 수 없다. 하지만 인생이 한순간에 확 바뀔 정도로 아주 효과가 있는 방법이다.

고민과 스트레스는 대부분 그 원인이 '인간관계'에 있다. 심리학자인 알프레드 아들러(Alfred Adler)는 "인간의 모든 고민은 대인관계에서 시작된다."라고까지 말했다. 예를 들어 직장에서의 고민도 잘 생각해 보면 '직장 상사와 사이가 나쁘다'는 문제이거나 '고객의 불합리한 요구' 때문에 생긴 힘든 상황일 수 있다. 또, 금전적인 고민도 '다른 사람과 비교했을 때 수입이 적다'는 문제이거나, 외모에 관한 고민도 '다른 사람에게 젊고 예쁘게 보이지 않는다'는 문제일 수 있다. 다시 말해, 대부분의 고민에는 인간관계가 얽혀 있다.

이를 반대로 생각해 보면, 인간관계의 고민이 사라지면, 대부분의 고민도 사라진다고 할 수 있다. 그리고 인간관계의 분류와 정리가 가능해지면, 신기하게도 다른 사람과의 만남이 행복하다고 느낄 수 있다. 마음이 점점 가벼워지고 긍정적으로 되기 때문이다.

그런 의미에서 이 책은 당신이 가진 인간관계의 고민을 정리하는 데 도움을 주는 마음의 영양제가 될 수 있다고 생각한다.

## 이 책의 구성

이 책은 6개의 챕터로 나누어져 있다.

- 챕터1과 2에서는 인간관계 정리가 왜 필요한지와 어떻게 인간관계
  를 정리해야 하는지에 관해 '인간관계 정리 상자' 이론을 바탕으로 설
  명하려 한다. 질문지에 답을 써넣으면서 구체적인 방법을 알게 될 것
  이다.
  또, 인간관계로 고통받았던 내 경험도 담았다.
- 챕터3에서는 챕터2에서 분류한 사람들을 대하는 방법에 관해서 살
  필 것이다.
- 챕터4에서는 인간관계를 정리하면 어떤 새로운 관계를 만들 수 있
  는지, 어떤 인생이 시작되는지 알아보려 한다.
- 챕터5에서는 실제 사례를 통해 '이럴 때는 이렇게 한다.'와 같은 예
  시를 들어 인간관계 정리 방법을 실제 상황에 맞게 이해할 수 있도
  록 설명하려 한다.
- 챕터6에서는 인생에서 핵심 인물(Key Person)이 되는 '운명적 관계
  의 사람'과의 만남, 관계성에 관해서 이야기하려 한다.

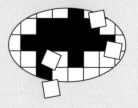

**차례**

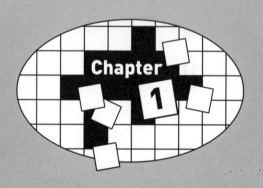

Chapter
1

# 인간관계 정리가
# 필요한 이유

# 1 우리의 고민 중
90%가 인간관계

## '그렇게 해야만 한다'는 생각이 괴로움을 만든다

'직장 상사가 항상 기분 나쁘게 말해서 싫다.'

'동네 사람을 만나면 늘 이상한 질문을 해서 피곤하다.'

'학부모 모임에서 만나는 어떤 아이 엄마가 맨날 자기 자랑만 해서 힘들다.'

인간관계의 고민은 다양하다. 하지만 어떤 고민이라도 구조적으로는 단순하다. '대상 그 자체'가 고민의 원인이 아니라, '대상의 말과 행동'이야말로 고민의 근본 원인이기 때문이다.

'그 사람을 보면 짜증 난다.', 혹은 '그 사람은 싫다.', '그 사람과 있으면 힘들다.'라고 느낄 때, 잘 생각해 보면 대부분은 '상대가 기분 나쁘게 말했다.', '무례하게 행동했다.', '불쾌하게 행동했다.' 등과 같이 상대의 행동에 초점이 맞춰져 있다. 즉, 직장 상사와 이웃, 다른 학부모 그 자체가 싫은 것이 아니다. 이를 더 깊게 생각해 보면 결국 문제는 자신에게 있다는 사실을 깨닫게 된다. 잘 생각해 보자.

'기분 나쁜 소리를 많이 하지만, 직장 상사이니까 존중해야만 한다.'

'동네 사람이니까 잘 맞지 않아도 신경 써야만 한다.'

'아이 친구 엄마이니까 불쾌하게 굴어도 티 내지 말고 웃는 얼굴로 대해야만 한다.'

이렇게 생각하기 때문이 아닐까? '이런 관계에서는 이렇게 행동하지 않으면 안 된다.'라는 생각이 인간관계의 고민을 만든다.

물론 "인간관계의 고민은 자기 탓이다."라거나 "자신이

처한 상황은 자신에게 원인이 있다."라고 말하려는 것이

아니다. 정확히는 자기 탓이 아니라 자신의 사고방식에

존재하는 구조적인 문제이다.

## 생각과 상황 인식을 바꿔야 한다

인간관계로 고민할 때, 우리는 대부분 두 가지 방법 중

하나를 선택한다.

- 상대를 바꾸려고 한다
- 상대와의 관계를 끊는다(상대에게서 도망친다)

하지만 '상대를 바꾸는 일'은 쉽지 않다. 어쩌면 거의 불가능하다고도 할 수 있다.

'상대와의 관계를 끊는 일'은 물론 가능하다. 그러나 그렇게 간단하게 할 수 있다면 고민도 아니었을 것이다. '직장 상사는 싫지만, 일은 그만둘 수 없다.' 또는 '이웃과는 가급적 만나고 싶지 않지만, 이사를 할 수도 없다.' 등과 같이 관계를 끊을 수 없어서 곤란한 상황이 더 많을 것이다.

그래서 이 책에서 말하고 싶은 바는 앞에서 말한 두 가지 방법이 아니라, 제3의 방법인 인지심리학을 바탕으로 한 '인간관계 정리'이다. 인간관계를 정리한다고 해서 관계를 아예 끊어 버리라는 이야기가 아니다. 자신의 생각과 상황을 인식하는 방법을 바꿔 인간관계를 정리할 뿐이다.

이 방법을 따르면 현실 세계에서 일어나는 문제 대부분이 '상대가 아니라 내 문제'라는 사실을 자연스럽게 알게 된다. 또, 상대의 태도가 신기할 정도로 변화해 간다는 사실도 경험하게 될 것이다.

인간관계 정리법을 알게 되면

'인간관계의 구조가 보인다'

그리고 '스스로' 인간관계를 선택할 수 있게 된다

## 셀프 체크 '정리하고 싶은 인간관계'가 있는가?

이제 '인간관계 정리'를 시작해 보자. 그러려면 먼저 '인간관계를 정리하고 싶다.'라는 기분이 들어야 한다. 만약 '인간관계를 정리하면 안 좋지 않을까?', '나쁜 행동은 아닐까?', '큰일이 생기지는 않을까?'라는 생각이 떠오른다면 쉽게 행동으로 옮기기 어렵다.

하지만 인간관계를 정리했을 때 인생이 즐거워지고 행복해진다는 사실을 실감한다면 적극적으로, 또한 즐거운 마음으로 할 수 있게 된다. 그리고 그런 이미지가 머릿속에 생겨야 앞으로의 인생에서 언제나 기분 좋고 자유로운 인간관계를 선택할 수 있다.

① '정리하고 싶은 인간관계'가 있다면 무엇인가? '직장 동료 A', '친척 B', '어떤 프로젝트의 사람들 모두', '사생활에 간섭하는 C와 D' 등과 같이 누구라도 괜찮다. 생각나는 대로 적어 보자.

- 
- 
- 
- 
- 

② 만약 이들과의 관계를 정리한다면 인생이 어떻게 바뀔까? 가급적이면 최대한 현실적으로 상상해 보자. 생각나는 대로 전부 적어도 좋다.

- 
- 
- 
- 
-

# 2 괴로운 인간관계는 피하는 것이 답이다

## '상자 이론'으로 피곤한 상대를 멀리한다

이 책에서 이야기하는 '인간관계 정리'는 인간관계의 '구조'를 이용해 '자신에게 피곤한 상대', '대하기 힘든 상대'와는 거리를 두고, '마음이 편한 사람'만을 깊게 사귀는 방법이다. 내게 피곤함을 주는 상대를 마음의 경계선 바깥쪽에 두고, 안쪽으로 들여보내지 않으면 된다. 이는 스스로 조절할 수 있는 부분이다. 이 방법을 깨달으면 인간관계가 반드시 편해진다. '그게 그렇게 쉽게 되겠어?'라고 생각할지도 모르지만, 그것이 바로 이 책에서 이야기하는 '상자 이론'의 핵심이다.

## 마음을 쓰는 양은 심리적 거리에 비례한다

'다른 사람과의 관계를 정리하는 일 자체가 옳지 않다.'라고 생각할지도 모르지만, 그렇지 않다. 인간관계를 정리함으로써 상대를 존중할 수 있게 되기 때문이다.

우리는 때때로 가까운 사람, 마음을 연 사람에게는 의사소통이 약간 거칠어지기도 한다. 예를 들어 연애를 생각해 보자. 사귀기 시작한 지 얼마 안 되었을 때는 특별히 더 신경을 쓰고, 자주 메시지를 주고받거나 전화한다. 데이트할 때도 신중하게 좋은 식당을 찾아 예약한다. 하지만 그로부터 1년, 2년, 3년이 지나면 연락하는 횟수도 점점 적어지고, 데이트 코스의 선택도 기념일이 아닌 이상 예전만큼 신경 쓰지 않게 된다. 물론 이것이 꼭 나쁘다는 뜻은 아니다. "거리가 가깝다."라는 말의 의미가 원래 그렇다.

이와 반대로, 거리가 먼 사이는 그만큼 '신경을 쓴다.' 상대는 나를 신경 써서 필요 이상으로 행동하지 못한다. 즉, 불편한 상대와는 그런 관계를 만들어야 한다.

그리고 자신이 생각할 때 마음이 편한 상대에게만 마음을 열면 된다. 이를 가능하게 하는 이론이 '상자 이론'이다.


## 과부하를 인식하고 있는가?

영국 인류학자인 로빈 던바(Robin Dunbar)의 연구에 따르면, '인간의 뇌 크기를 고려했을 때 우리가 안정적으로 맺을 수 있는 인간관계의 한계는 약 150명'이라고 한다. 이 숫자를 '던바의 수'라고 하며, 던바는 인간관계를 다음과 같이 '4개의 층'으로 분류했다.

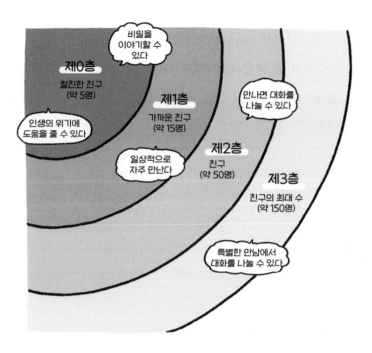

- **제0층** 절친한 친구 (약 5명) 인생에 위기가 닥쳤을 때 도움을 줄 수 있는 관계, 정말 힘들 때 돈을 빌려주거나 비밀을 이야기할 수 있을 정도의 관계
- **제1층** 가까운 친구 (약 15명) 일상적으로 자주 만나는 사이
- **제2층** 친구 (약 50명) 만나면 대화를 나눌 수 있는 친구
- **제3층** 친구의 최대 수 (약 150명) 특별한 만남에서 대화를 나눌 수 있는 친구

자신의 스마트폰 주소록에는 몇 명이 등록되어 있는가? 수백 명, 혹은 1,000명이 넘는 사람도 있을 것이다. 현대 사회는 SNS의 발달 때문에 인간관계의 범위가 비대해져서 과부하 상태가 되었다. 그래서 더욱 '정리'가 필요해졌다.

# 3 내 리얼 히스토리 ①
# (잃어버린 꿈)

## 인간관계로 고민하지 않는 삶

나는 인간관계로 고민하는 일이 거의 없다. 또, 인간관계를 내 상황에 맞춰 적극적으로 조정해서 의미 있게 할 수 있다. 가족과 업무 동료, 친구들과도 스트레스 없이 즐거운 관계를 유지하고 있으며, 이것이 일까지 확장되어 점점 좋은 영향을 미치고 있다.

예를 들어 이 책은 SNS 라이브 방송 때 청취자들과 이야기를 나누던 중 떠오른 아이디어를 정리한 것이 기초가 되었다. 또, 담당 편집자와도 친구처럼 사이가 좋으며, 회의할 때도 언제나 분위기가 화기애애했다.

다른 프로젝트와 기획에서도 나와 일하고 싶어 하는 사람들과 함께할 때가 많다. 어떤 일이라도 이것이 일인지 놀이인지 구별이 안 될 정도로 즐겁게 하고 있다.


## 속마음을 숨기고 지내 온 과거

그러면 나는 운이 좋아서 좋아하는 사람들, 편한 사람들만 만날 수 있었을까? 그렇지 않다. 나도 예전에는 인간관계로 심하게 고통받았다. 이후에 다시 이야기하겠지만, 학교 폭력을 당한 적도 있다.

어린 시절부터 내가 다른 사람들에게 어떻게 보이는지 항상 신경 쓰며 살았고, 다른 사람들에게 미움받고 싶지 않다는, 이상한 사람으로 보이지 않고 싶다는 마음에 사로잡혀 있었다. 다른 사람들에게 미움받으면 내 존재 가치가 없어지는 기분이 들었기 때문이다. 다른 사람들의 눈치를 살펴야 했고, 내 기분과 속내를 드러내어 말할 수 없었다.

예를 들어 "나중에 무엇을 하고 싶어?"라고 누군가가

물어볼 때도 내 본심이 아니라 다른 사람들이 "좋다.", "멋지다."라고 할만한 것을 이야기했다. 정말로 하고 싶은 것을 이야기해서 "이상하다.", "특이하다."라는 말을 듣고 싶지 않았다.

## 도전도 해 보지 못하고 포기한 꿈

나는 그림 그리기를 좋아했다. 초등학교 시절에는 항상 "그림이 좋다."라고 이야기했다. 그림을 그리면 친구들이 멋지다고 칭찬해 줬기 때문에 즐거웠다.

중학교, 고등학교에 진학하면서는 만화와 애니메이션을 좋아하게 되었다. 하지만 당시에는 그런 것들을 좋아하면 오타쿠(특정 대상에 집착적으로 관심을 갖는 사람) 취급을 받을 때가 많았다. 이를 과하게 의식하기 시작하면서부터는 숨어서 그림을 그렸다.

물론 부모님에게도 이야기해 본 적 없었다. 나중에는 미술대학에 가고 싶다고까지 생각했지만, 좀처럼 말을 꺼낼 수 없었다. 부모님도 그림과 예술에 조예가 있는 분들이 아니었기 때문에 '그림 그릴 시간 있으면 공부나 해라.'라는 분위기였다. 그래서 공부하는 척하면서 그림을 그렸다.

어느덧 고등학교 3학년이 되어 진로를 결정해야 할 시기가 왔다. 계속 부모님께 말하지 못했던 나는 결국 가을이 지나 입학지원서를 내야 할 때가 되어서야 미술대학에 가고 싶다고 이야기했다.

부모님은 굉장히 놀라셨다. 지금까지 한 번도 미술대학에 가고 싶다거나 그림을 좋아한다고 이야기한 적 없던 아들이 갑자기 미술대학에 가고 싶다고 했으니 당연한 일이었다. 결국 부모님의 반대에 부딪혀 미술대학 지원은 포기했다. 다른 사람들의 눈을 신경 쓰고 평가에 얽매인 결과, 나는 바라던 진로를 잃어버렸다.

방향을 바꿔 문과대학에 지원했지만, 제1지망에는 떨어졌고, 합격한 곳에 갈 수밖에 없었다. 이렇게 시작한 대학생활이었기 때문에 의욕도 없었고, 과연 내가 무엇을 하고 싶은지, 나중에 무엇이 되고 싶은지 고민만 하면서 졸업을 맞이했다.

# 내 리얼 히스토리 ②
# (무한 경쟁 사회)

## 평생 타인의 눈을 의식하며 산다는 것은

대학 졸업 후에는 SE(시스템 엔지니어)로 취업했지만, 직장인이 되어서도 여전히 누군가의 평가를 신경 쓰며 살았다. 열심히 일해서 좋은 평가를 받으면 내가 하고 싶은 대로 할 수 있게 되리라고 생각했다. 일에 관한 발언권도 얻을 수 있고, 직장 상사에게 의견을 낼 수도 있으며, 부하직원들을 잘 이끌 수도 있을 듯했다.

하지만 그런 생각으로는 위에 상사가 있는 한, 결국 '평가' 안에서 벗어날 수 없었다. 정말 하고 싶은 일을 하려면 과장, 부장, 사업본부장, 이사를 거쳐 사장까지 출세

해야 했다. 그야말로 랫 레이스(Rat Race, 치열하고 무의미한 경쟁)였다. '앞으로 40년, 어쩌면 50년 동안 계속 누군가의 평가와 감시에 얽매여 살아야 하나?', '그 말은 앞으로 평생 자유가 없다는 뜻 아닐까?' 입사한 지 1년 정도 지나고 나서 이런 사실을 깨달았을 때, 나는 마치 희망을 잃은 듯한 기분이 들었다.

## 도망쳐도 자유로워질 수 없다

이대로는 안 된다는 강한 위기의식을 느꼈고, 나를 평가하는 사람이 없는 세상으로 가기 위해 회사를 그만두고 독립을 결심했다.

하지만 독립하고 나니 또 다른 '인간관계'의 고민이 나를 기다리고 있었다. 운 좋게도 곧바로 큰 회사의 프로젝트 계약을 따냈지만, 현실은 결국 그 회사에 '사용되는 처지'였다. 독립해서 직장 상사는 없어졌지만, 이제는 고객으로부터 평가받아야만 하는 상황에 놓였다. 회사를 그만둬도 다른 사람의 평가에서 벗어날 수 없었다.

## 해야 할 일은 산더미처럼 많고,
## 하고 싶은 일은 하나도 없었다

그러던 어느 날, 문득 든 생각에 당시 진행하고 있던 일과 프로젝트를 전부 적어 봤다. 그리고 그중에서 스스로 하고 싶어서 하는 일이 무엇이 있는지 생각해 봤다. 하지만 아무리 생각해도 내가 하고 싶어서 하는 일은 하나도 없었다.

당시는 독립한 지 2년이 지났을 때였다. 하루하루 필사적으로 했던 일은 모두 내가 자발적으로 하고 싶어서가 아니라, 다른 사람에게 부탁받아서 하고 싶지도 않은데 했던 것뿐이었다.

내 행동 원리가 누군가의 요구에 대한 응답이고, 누군가에게서 좋은 평가를 받는 데 지나지 않음을 깨달았다. 결국 다른 사람의 평가가 내 인생의 전부였다. 환경을 바꿔도 인간관계의 굴레와 테두리에서 벗어날 수 없었다. 나는 정신적으로 막다른 곳에 몰린 듯한 기분이 들었다.

그리고 마침내 그 생각이 폭발했다.

# 해 보자!
# 인간관계 제로 리셋

## 중요한 사람은 단 14명이었다

어느 날 아침 이불 속에서 눈을 떴을 때, 뭔가에 짓눌린 듯한 기분이 들고, 몸을 움직일 수 없어서 괴로웠다. 그렇게 누운 채로 앓는 소리밖에 내지 못하고 있다가, 갑자기 '이젠 안 되겠다.'라고 생각한 순간 어떤 깨달음을 느꼈다.

'이제 이런 삶은 싫다.'

'두 번 다시 이런 일을 겪고 싶지 않다.'

'모두 버리자.'

이런 마음의 소리가 들려왔다.

나는 그 자리에서 일어나 모든 것을 버리기 시작했다. 지금까지 하던 일, 관련된 것을 모두 버리고 제로(0)로 리셋하겠다고 결심했다.

먼저 버린 것은 스마트폰의 연락처였다. 당시 등록되어 있던 400개 이상의 연락처를 철저하게 삭제했다. 삭제 기준은 '반년간 한 번도 연락하지 않았던 사람'이었다. 반년간 연락하지 않았다면 앞으로도 연락하지 않을 가능성이 컸기 때문이다. 그 규칙에 따라 하나씩 확인하며 차례차례 삭제했다.

반년간 연락하지 않은 사람 중에는 아버지도 있었다. 아무래도 아버지의 연락처를 삭제하는 일은 망설여졌다. 아버지와는 특별히 사이가 좋지도 않았지만, 그렇다고 사이가 안 좋지도 않았다. 부모님 댁에도 정기적으로 가고 있었고, 만나면 평소처럼 대화를 나눴다. 하지만 삭제 기준은 '반년간 한 번도 연락하지 않았던 사람'이었고, 그 결정에 따라 아버지의 번호도 삭제했다.

마찬가지로 동생의 연락처도 삭제했다. 사촌 동생과 삼촌, 고모 등 친척이라도 반년간 연락하지 않은 사람은 전부 삭제했다. 중학교, 고등학교, 대학교 때 친구들, 직장 다닐 때 알았던 동료와 상사, 독립 이후에 만난 고객들도 '반년 규칙'에 따라 삭제했다. 그 결과 남은 연락처는 14개였다.

## 이후 일정을 전부 없애다

그다음으로는 PC의 달력 프로그램에 기록되어 있던 일정을 전부 삭제했다. 내가 원했는지 타인에게 맞췄는지 알 수 없는 약속들로 가득 찬 일정표를 보고 있으니 기분이 나빠졌기 때문이다. 미팅도 회의도 모임 약속도 전부 취소했다. 그 정도로 관계가 끝날 사람과는 인연이 없다고 생각했다. 정말 서로에게 소중한 관계라면 앞으로도 계속 이어지리라고 믿었다.

주변 사람들에게는 한 달 동안 문자도 연락도 받지 않겠다고 선언했고, 새로운 일정도 잡지 않았다. 그때의 내 상태로는 누군가가 또다시 부탁하면 거절하기 힘들 듯했고, 정말 내가 필요한 긴급상황이라면 몇 번이든 연락이 오리라고 생각했다.

## SNS의 속박에서 벗어나다

스마트폰에서 SNS 애플리케이션(앱)도 전부 삭제했고
PC의 즐겨찾기도 삭제했다. 메신저와 메일 앱도 삭제했
다. 그때까지 나는 아침에 일어나자마자 스마트폰으로
SNS 앱을 켜곤 했다. 그러면 자연스럽게 누군가의 모습
이 눈에 들어왔다.

SNS와 문자는 '타인의 알림과 정보'이다. 우리는 여기
에 반응해서 움직인다. 나는 이것이 다른 사람에게 인생
을 조종당하는 원인이라고 생각했다. '연락받으면 반드
시 답장해야 한다.'라는 인식은 애초에 법으로 정해진 원
칙이 아니다. 타인이 마음대로 보냈을 뿐인데, 내가 그것
에 반응하지 않으면 안 된다고 강박적으로 느낄 뿐이다.
그런 인식은 따를 필요도 없고, 정말 어떻게든 나와 연락
하고 싶은 사람이라면 어떤 수단을 써서라도 연락을 시
도하리라고 생각했다.

## 눈물을 머금고 버린 물건들

명함도 전부 버렸다. 단 한 장도 남기지 않았다. 인간관계를 전부 내려놓는다면 명함은 필요 없다. 그중에는 과거에 도움을 받았던 사람도 있었고 중요한 거래처도 있었지만, 주저하지 않고 버렸다. 명함을 보지 않고서는 누군지도 알 수 없는 사람에게 내가 먼저 연락할 일은 없다고 생각했기 때문이다.

그리고 이메일을 정리했다. 메일 앱에 등록되어 있던 주소도 전부 삭제했다. 받은 지 1년 이상 지난 메일도 전부 삭제했다. 1년 이상 지난 메일을 다시 읽을 리가 없었기 때문이다.

과거 사진도 전부 버렸다. 어린 시절 사진과 고등학교, 대학교 때 동아리 사진 등도 전부 버렸다.

편지도 버렸다. 책상 서랍에 넣어 두었던 친구의 편지, 부모님과 친척에게 받았던 편지도 전부 버렸다. 누군가에게 받았던 선물과 추억의 물건, 기념품도 버렸다. 선물과 기념품은 '좋은 마음으로 선물했는데 버리면 미안하니까', '직접 만들어 준 거니까' 쓰지도 않으면서 가지고 있던 것들과 마음에 들지 않았는데도 가지고 있던 것들이 대부분이었다. 이전 직장을 그만둘 때 모두가 써 준 편지도 마음이 아팠지만 결국 버렸다.

## 자신에 관해 생각할 마음의 공간이 생겼다

이렇게 연락처, 메일, 사진, 편지, 추억의 물건을 철저하게 버린 결과, 굉장히 개운한 기분이 들었다. 마음이 놀라우리만치 가벼워졌다.

하지만 그 이상으로 의미가 있었던 사실은 '내게 정말 필요한 관계'가 분명히 보이게 되었다는 점이다. '이 사람은 지울 수 없어. 내게 정말 중요한 사람이야.'라는 깨달음을 얻었다. '아무래도 상관없는 사람'과 '그렇지 않은 사람'을 나눌 수 있게 되었다. 그야말로 '인간관계 정리'였다.

두 번 다시, 정말 필요한 사람 이외에는 마음에 두지 않겠다고 결심했다. 새로운 사람과 만날 때도 '이 사람과는 이런 관계를 유지하자.' 또는 '이 사람과는 이것을 함께하자.'라고 처음부터 어느 정도 관계의 기준을 정하기 시작했다. 모든 사람을 마음에 두지 않고 일정한 거리를 유지하며 만나기로 한 것이다.

그러자 놀라운 일이 생겼다. 마음 안에 공간이 생겨서 여유를 가질 수 있었다. 지금까지 내게 인간관계는 단지 '뭔가 요구받는 것'이며 '기대받는 것'이었다. 하지만 이제는 '상대가 무엇을 원하는지'가 아니라 '내가 어떻게 하고 싶은지'의 관점에서 볼 수 있게 되었다. 그러면서 내 인간관계는 순식간에 나아졌다. 상대가 나를 지금까지와 똑같이 대하더라도, 내가 변함으로써 상대를 대하기가 훨씬 편해졌다.

상대가 무엇을 원하는지가 아니라 내가 어떻게 하고 싶은지 생각한다

## 제로로 리셋해도 절대로 문제가 생기지 않는다

이 '인간관계 제로 리셋' 이야기를 하면 "그렇게 대담하게 연락처를 지웠을 때 문제는 안 생겼나요?"라는 질문을 받게 된다. 결론부터 말하면 전혀 문제가 생기지 않았다. 이 때문에 사이가 멀어진 사람도 거의 없다.

조금 보충해서 설명하자면, 내가 연락처를 지웠다는 사실을 상대는 모르기 때문이다. 연락처의 삭제는 메신저 프로그램의 '차단'과는 다르다. 어디까지나 '내가 연락하지 않을 사람'이라고 생각해서 연락처를 지웠을 뿐, 차단한 것은 아니다. 그러므로 학창 시절 친구들과도 만나고 싶으면 만날 수 있고, 부모님 댁에도 갈 수 있다. 부모님과도 아무렇지 않게 대화할 수 있고, 일할 때는 불필요한 연락처가 없어져서 오히려 편하다.

딱 한 번 대학 시절 친구에게 전화가 걸려 왔을 때 당황했던 적은 있다. 그는 학교 다닐 때 자주 우리 집에 놀러 왔고, 함께 어울리며 같이 아르바이트 면접도 봤던 친한 친구였다. 하지만 졸업하고 10년 정도 지나니 서로 거의 연락하지 않았다. 그래서 전화번호를 지웠다. 막상 전화가 걸려 왔을 때 누구인지 몰라서 "누구세요?"라고 물어봤는데, 그는 "어? 나 몰라?"라며 당황해했다. 그 목소리를 듣고 "아, ○○○이구나."라고 기억해서 상황을 무사히 넘겼다.

## 과했기 때문에 깨달은 것

'인간관계 제로 리셋'을 통해 마음은 아주 가벼워졌지만, 지금에 와서는 그렇게까지 버렸던 행동은 다소 과하지 않았나 하는 생각이 든다. 인간관계에 얽매여 고통받던 상황에서 벗어나 좋았지만, 그렇게까지 하지 않고 '내 마음속에서만 관계의 정의를 바꿨어도' 좋았을 듯하다. 여기서 핵심은 '마음속'이다. 상대에게 "당신과의 관계를 이렇게 바꾸겠다." 또는 "너와는 앞으로 이 정도만 만날 거야."라고 선언할 필요는 전혀 없다. 내가 바뀌기만 하면 상대가 바뀌지 않아도 편하게 관계를 이어 나갈 수 있다. 자신의 마음속에서 관계를 새롭게 설정하기만 해도 인간관계 그 자체가 바뀐다.

## 인간관계의 고민을 해결해 주는 '세 가지 상자'

이런 경험을 토대로 누구라도 바로 적용할 수 있도록 간단하게 정리한 방법이 '상자 이론'이다. '상자 이론'은 인간관계를 '세 가지 상자'에 넣어서 정리하자는 이론이다.

이 '상자 이론'의 최대 특징은 인간관계를 실제로 끊거나 잘라 버리지 않아도 된다는 점이다. 마음속으로 인간관계를 정리하기 때문에 현실 세계에서는 전혀 문제가 없다. 내 마음속에서 받아들이는 방법과 생각을 바꾸기만 하면 된다. 상대는 자기가 정리되었음을 절대로 눈치채지 못한다. 그런데 재미있게도 내 생각과 마음을 바꾸면 상대의 태도가 바뀌기도 한다.

'상자 이론'이란 무엇인지, 어떻게 인간관계를 정리하면 좋을지에 관해서는 다음 챕터에서 소개하겠다.

① 최근 한 달간 주로 했던 일, 관련되었던 일, 활동, 작업 등
  을 적어 보자.

- 
- 
- 
- 
- 

② 적은 내용 중에 '어쩔 수 없이 한 일', '의무적으로 한 일',
  '다른 사람이 부탁해서 한 일'을 체크해 보자. 또, 체크한
  내용을 보고 있으면 어떤 기분이 드는지 생각해 보자.

- 
- 
- 
- 
-

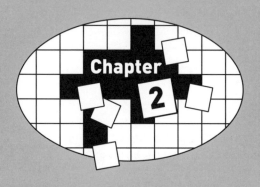

Chapter
2

인간관계 정리
시작하기

# ① '인간관계 상자'란 무엇인가?

## 살다 보면 끊임없이 '관계의 상자'가 늘어 간다

우리는 무의식중에 사람을 '관계의 상자'로 분류한다. '이 사람은 내 아버지', '이 사람은 내 직장 상사', '이 사람은 내 부하직원', '이 사람은 내 고객', '이 사람은 내 아이' 등과 같이 '라벨'을 붙여서 각각의 상자에 넣는다.

우리는 사람을 '관계의 상자'에 넣는다

그리고 시간이 지날수록 새로운 상자가 늘어 간다. 먼저 인생에서 처음 만난 사람인 부모님을 보고 '인간의 상자', '사회의 상자', '부부의 상자'를 만든다. 아버지를 보고 '남편의 상자', '아버지의 상자'를 만들고, 어머니를 보고 '아내의 상자', '어머니의 상자'를 만든다. 학교에 다니게 되면 '친구의 상자'와 '선생님의 상자'가 만들어진다. 사회에 나가도 '동료의 상자', '상사의 상자', '고객의 상자' 등 여러 가지 새로운 상자가 만들어진다. 결혼하면 지금까지 사귀던 사람을 '남편의 상자'와 '아내의 상자'에 넣는다. '자식'이라는 상자가 생길 수도 있고, '사돈', '사돈 가족'과 같은 상자가 생길 수도 있다.

모르는 사람도 상자에 넣는다. 이것은 '타인의 상자'라고 한다.

'관계의 상자'에는 '라벨'이 붙는다

## 상자에는 '상자 규칙'이 있다

상자에 들어 있는 상대마다 대하는 규칙, 즉 '상자 규칙'이 있다. '동료의 상자'에 들어 있는 사람에게는 이렇게 대하고, '상사의 상자'에 들어 있는 사람이라면 저렇게 대한다. '파트너의 상자'에 들어 있는 사람, '자식의 상자'에 들어 있는 사람도 마찬가지이다. 모두 각각의 규칙으로 상대를 대한다.

이런 '상자 규칙'은 사실 대부분 처음부터 정해져 있다. '남편의 상자', '아내의 상자'에는 결혼하기 이전 단계에 이미 '남편과 아내는 이래야 한다.'라고 정의되어 있다. 또, '남편의 상자', '아내의 상자'에 들어간 사람에게는 이렇게 해 줘야 한다든가, 저렇게 해야 한다는 '남편 상자의 규칙', '아내 상자의 규칙'이 있다. 그런 규칙이 있기에 관계가 만들어지는 것이다.

'상사의 상자'에도 '이런 태도로 대해야 한다.', '이렇게 반응해야 한다.' 등과 같은 규칙이 있다. 물론 '타인의 상자'에 있는 사람에게는 '타인 상자의 규칙'에 따라 대응한다.

'관계의 상자'에는 누군가가 만든 '규칙'이 있다

함께 있는다,
서로 돕는다

모두와 사이좋게
지내야 한다,
불쾌한 행동을 해서는
안 된다

특별한 상대이다,
한 사람이어야
한다

윗사람은
존중해야 한다,
아랫사람을
도와줘야 한다

가족

친구

연인

상사

지역

부모

사회

## 이미 정해진 '상자 규칙'이 우리를 괴롭힌다

이런 '상자 규칙'에는 아주 큰 문제가 있다. 그것은 각 사람의 개별 인격, 인간성, 가치관, 세계관 등을 고려하지 않고, '상대가 들어 있는 상자'의 규칙에 얽매여 생각한다는 점이다.

'고객의 상자'로 생각해 보자. 어떤 사람을 직장에서 고객으로 만났다면, 그 사람은 당연히 '고객의 상자'에 들어간다. 그리고 '고객의 상자에 들어 있는 사람은 이런 방식으로 대해야 한다.'라는 규칙에 따라 대응한다. 그러면 그 사람이 어떤 성격인지, 어떤 가치관을 따르는지와 상관없이 그저 '고객'으로밖에 볼 수 없다. 그 사람 자체가 아니라, 그 '상자'에 속한 사람으로만 보게 된다.

사회인이 되면 상자가 점점 늘어 간다. 상자를 나눌 때의 판단 재료에는 '상대의 성격', '나와 맞는지, 맞지 않는지'는 들어 있지 않다. 그렇다면 어떻게 될까?

- 자신과 맞지 않는 사람
- 심술 맞은 사람
- 기분 나쁜 사람
- 대하기 힘든 사람

이런 부정적 감정을 느끼게 하는 상대가 또 하나의 상자로 분류되고, 나중에는 그 상자에서 내보내려고 해도 불가능해진다. 예를 들어 '맞지 않는 사람', '기분 나쁜 사람'이 '상사의 상자'에 들어 있다고 해 보자. 그리고 어떤 상황에서도 '정중하게 대하지 않으면 안 되는', '웃으며 대할 수밖에 없는', '말하는 바를 거스를 수 없는', '반항해서는 안 되는' 상자의 규칙에 따라야 한다면 어떻게 될까? 이것이 바로 인간관계에서 스트레스를 느끼는 가장 큰 이유이다.

예를 들어 '연상의 남성 상사'라면
동시에 세 가지 상자에 넣고 대응하게 된다

자신에게 어떤 '관계의 상자'가 있는지 파악해 보도록 하자. 상자는 평소에 의식할 수 있는 대상이 아니다. 대부분은 이것에 영향을 받아 휘둘리고 있다는 사실조차 깨닫지 못한다.

다음과 같은 작업을 통해 '관계의 상자'를 시각화할 수 있다. 그리고 상자에서 거리를 두고 대응하는 방법을 선택할 수 있다.

---

**①** 평소에 자신이 마주하는 대표적인 '관계의 상자'를 적어보자.

- 
- 
- 
- 
- 

---

**②** 각각의 '관계의 상자'에 어떤 사람을 넣고 있는지 리스트를 만들어 보자.

- 
- 
- 
- 
- 

**③** 각각의 상자에 대해 어떤 인상을 갖고 있는가?
또, 어떤 영향을 받고 있는가? 떠오르는 대로 적어 보자.

- 
- 
- 
- 
-

# 2 '상자'를 바르게 사용하는 방법

## 다른 사람이 만든 규칙으로 살아가지 않는다

그렇다면 '상자 규칙'은 어떻게 만들어야 할까? 사실 '상자 규칙' 대부분은 나 자신이 아니라 부모님이나 학교 선생님, 사회, 상식처럼 '타인이 만든 규칙'에서 영향을 받아 만들어진다. '상자 규칙'을 따른다는 것은 다시 말하자면 타인의 규칙으로 살아간다는 뜻이다. 다른 사람의 규칙에 따라 살아가고, 다른 사람의 규칙에 따라 참으며 타협한다.

- 상대가 무슨 말을 해도 싫은 내색을 하면 안 된다

- 나와 맞지 않는 상대라도 웃는 얼굴로 대해야 한다

- 기분이 나빠도 말하면 안 된다

- 지각해서는 안 된다

- 분위기를 깨서는 안 된다

- 사람을 미워해서는 안 된다

- 윗사람의 말에 따라야 한다

- 직장 상사가 지시한 일은 해야만 한다

- 기대에 부응해야 한다

- 부모님과 형제자매를 소중히 해야 한다

- 신세를 지면 갚아야 한다

- 곤경에 빠진 사람이 있다면 도와야 한다


이런 것들은 모두 타인이 정한 규칙이다. 하지만 이 때문에 자유롭게 행동할 수 없고, 지치고 힘들어도 해야만 할 때가 생긴다. 싫은 일을 부탁받아도 거절할 수 없고, 도와주고 싶지 않은 사람도 도와줘야 하고, 기분 나쁜 상대에게도 웃어야 하는 일이 발생한다.

이는 상대 때문도, 나 때문도 아니다. '상자 규칙 때문'

이다. '이 상자에 들어 있는 사람에게는 이렇게 말해야 한다.', '이 상자의 사람에게는 이렇게 해야 한다.'라는 규칙이 있기 때문에 행동이 바뀌는 것이다.

예를 들어 직장 상사에게 '이것은 잘못되었다.'라는 의견을 낸다고 해 보자. 하지만 자기 머릿속에 '상사라는 상자에 들어 있는 사람에게는 거스를 수 없다.'라는 규칙이 있다면 쉽게 의견을 내지 못할 것이다. 있는 그대로의 '상대'가 아니라 자기 내면에 있는 '상자'를 보고 있기 때문에 이런 일이 생긴다. 결국 우리는 자신이 선택한 '상자 규칙'에 조종당하고 있는 셈이다.

'상자'는 눈에 보이지 않고, 평소에는 그 누구도 의식하지 못한다. 그러다 새로운 인간관계가 생기면 자동으로 그 사람을 특정 상자에 넣고, 그 상자의 규칙에 따라 대응한다. 그래서 '어째서 나는 그 사람 앞에서 항상 긴장하고 위축될까?', '어째서 솔직하게 대할 수 없을까?', '자유롭게 행동할 수 없을까?'라는 생각이 들어도 이유를 알기 힘들다. 또, '어째서 이 사람 앞에서는 마음이 편할까?', '어째서 이 사람에게는 솔직할 수 있을까?'에 대한 이유도 알기 힘들다.

## 자신이 정의한 상자 때문에 고민이 늘어난다

같은 상대라도 상자의 종류가 바뀔 때가 있다. 예를 들어 친구에서 연인으로 발전하거나, 혹은 연인에서 다시 친구로 돌아가기도 한다. 그럴 때는 '친구의 상자'에서 '연인의 상자'가 되고, 또다시 '친구의 상자'로 바뀐다. 결혼도 마찬가지이다. 처음에는 상대를 '연인의 상자'에 넣었다가 결혼한 후에는 '아내의 상자', '남편의 상자'에 바꿔 넣는다. 아이가 생기면 '엄마의 상자', '아빠의 상자'가 새롭게 추가된다.

같은 사람이라도 이렇게 '상자의 종류'가 바뀌면 그 사람을 대할 때 받는 스트레스가 달라지기도 한다. '친구'로는 기분 좋게 만날 수 있었는데, '연인'이 되고부터는 상대와의 관계에서 스트레스를 받고, 이후 헤어져서 다시 '친구'가 되니 편한 관계가 되듯이 말이다. 연인일 때는 좋았는데, 결혼해서 '아내의 상자', '남편의 상자'에 넣고 나서부터 관계가 힘들어졌다든가 어색해진 기분이 드는 경우도 마찬가지이다.

상대는 자신의 거울이다. 문제의 원인은 상대에게 있

지 않다. 자신이 정의한 '상자(의 규칙)'에 따라 괴로워지고 지칠 뿐이다.

## 셀프 체크 당신이 가진 '상자 규칙'은 무엇인가?

그러면 실제로 자신에게 어떤 '상자 규칙'이 있는지 알아보도록 하자. '상자 규칙'은 의식하지 못하는 동안에는 어떻게 할 수 없지만, 자각하게 되면 바꿀 수 있다. 다음 페이지에 제시된 질문에 대한 답을 통해 자신이 가진 '상자 규칙'이 어떤 내용인지 알 수 있다.

**①** 지금 갖고 있는 대표적인 '관계의 상자'는 무엇인가?
4가지 이상 적어 보자.

56페이지에 적은 내용과 동일해도 상관없으며, 새롭게 생각났다면 추가
해도 괜찮다.

- 
- 
- 
- 
- 

**②** 해당 '관계의 상자'에 어떤 규칙이 설정되어 있는지
각각의 리스트를 만들어 보자.

- 
- 
- 
- 
-

# 이미 정해진 '상자 규칙'이 스트레스를 만든다

**3**

## 상자 자체가 스트레스라면 누가 들어가도 마찬가지이다

인간관계의 문제는 '상자'이며, 사람 그 자체가 아니다. 다르게 말해서 '상자'의 내용물을 바꿔도 상자의 규칙이 있는 이상 문제는 해결되지 않는다.

예를 들어 직장 상사가 스트레스를 준다고 해 보자. 그 상사가 다른 부서로 가고, 새로운 상사가 온다고 해도 '상사의 상자'에 들어가면 이전과 마찬가지로 스트레스를 받는 관계가 될 가능성이 크다. 그 이유는 '상사의 상자' 자체에 스트레스가 되는 규칙과 가치관이 설정되어 있기 때문이다.

마찬가지로 '연인의 상자'가 스트레스를 준다면 어떤 사람이 연인이 되더라도 스트레스를 받는다. '연인의 상자(의 규칙)' 그 자체가 스트레스이기 때문이다. '이 사람과 헤어지면 나는 더욱 즐거운 연애를 할 수 있다.'라는 마음으로 지금의 연인과 헤어지고 다른 사람과 사귄다 해도 또다시 '연인의 상자'에 상대를 넣으면 고통이 찾아올 수밖에 없다.

연애에서 같은 패턴을 반복하면서 만나고 헤어지는 사람들이 있다. 여성을 예로 들자면 항상 '나쁜 남자'와 사귀는 사람이 있다. 이는 '연인의 상자'에 '나쁜 남자를 넣는다.'라는 규칙을 만들어 버렸기 때문이다. 그런데 사실은 상대가 특별히 '나쁜 남자'이기 때문이 아니라, '연애의 상자에 넣는 사람은 나쁜 남자이니까 그에 맞게 대하지 않으면 안 된다.'라는 규칙에 따라 행동해서 그렇게 되었을 수도 있다. 그 결과 상대가 '나쁜 남자'가 되어 버린다. 그 '상자'가 있는 한, 그 사람과 헤어지고 다른 사람과 사귄다고 해도 같은 상황이 반복될 뿐이다.

## 내 직장 상사는 어째서 항상 나쁠까?

자신에게 '윗사람의 상자'가 있고, 그 상자에 '윗사람에게 는 거스르면 안 된다.', '윗사람의 말은 절대적이다.'라는 규칙을 연결 지었다고 해 보자. 그러면 나는 그 상대를 거스를 수 없으며, 오히려 상대가 강하게 명령한다고 느 끼게 된다.

예를 들어 상사가 "이것을 할지 말지는 자네 뜻대로 결정했으면 좋겠는데, 어떤가?"라고 내 의사를 확인한다면 어떻게 될까? 다른 사람에게는 평범한 말투로 들리지만, 내게는 '윗사람에게 거스를 수 없다.'라는 규칙이 있으므로 "정하게!"라고 고압적으로 명령하듯이 들린다. 나는 이 사람을 말을 험하게 하는 사람, 강압적인 사람으로밖에 생각하지 못한다. 이 역시 '상자' 때문이다.

만약 상대가 정말 강한 표현으로 명령했다고 해 보자. 그래도 그 사람이 누구에게나 난폭한 언어를 사용하는지 잘 살펴본다면, 반드시 그렇지는 않을 것이다. 만나는 모든 사람에게 똑같이 나쁜 태도를 보인다면, 그는 인격적으로 문제가 있는 사람이다. 그러나 자세히 들여다보면 '내게만' 특히 행동이 강하거나 특정 상대에게만 고압적인 경우가 많을 것이다.

이는 상대가 '선'을 넘고 있다는 증거이다. 그 사람은 나를 '이 사람은 선을 넘어도 받아 주는 사람이니까 내 마음대로 해도 된다.'라고 생각하고 있을 것이다. 결국 이는 거리감의 문제이다. 이것도 마찬가지로 '상자' 때문이지만, 자신에게는 그 '상자'가 보이지 않기 때문에 '이 사람은 난폭하고 싫은 사람'이라고밖에 생각할 수 없다.

거리감이 멀다

거리감이 가깝다

## 다른 사람의 상자를 보고, 내 상자를 돌아보자

직장에서의 인간관계가 힘들다고 자주 푸념하는 사람이 있다. '상사가 힘들게 한다.', '동료와 맞지 않는다.', '부하 직원이 말을 잘 듣지 않는다.', '고객이 진상이다.' 등 그 종류도 다양하다. 하지만 이런 사람은 다른 직장으로 옮겨도 또다시 같은 불만이 생길 가능성이 크다. 그곳에서도 힘들게 하는 상사, 맞지 않는 동료, 말을 듣지 않는 부하직원, 진상 부리는 고객이 나타날 것이기 때문이다.

이것도 마찬가지로 '상자 이론'이다. 직장을 옮겨서 인간관계(상자의 내용물)가 전부 바뀌어도 '상사의 상자', '동료의 상자', '부하직원의 상자', '고객의 상자' 등에 정해진 규칙은 변하지 않아서 똑같은 상황에 처하는 것이다.

친구의 이야기를 듣다가 '애는 누구랑 사귀어도 똑같을 거야.', 혹은 '직장을 바꿔도 아마 똑같을 거야.'라는 생각이 들었던 적 있을 것이다. 바로 그것이 '상자'에 사로잡혀 있기 때문에 나타나는 패턴이다.

다른 사람의 상자는 보기가 쉽다. 하지만 자신의 상자는 좀처럼 보이지 않는다.

거리감의 문제를
인간관계를 끊거나 상대를 바꾸는
방법으로 해결하고 있지 않는가?

# 자신이 가진 '관계의 상자'를 마주할 용기

## 상자를 자세히 들여다 보면 문제의 원인을 알 수 있다

자신의 상자를 보기 힘들어서 인간관계에 고민이 생긴다. 그렇다면 자신이 가진 '관계의 상자'가 눈에 보이게 되었을 때는 어떻게 될까? 상대를 '이런 상자에 넣었다'는 사실을 알면, 그 사람이 원인이 아니라 '내가 이런 상자에 넣었기 때문에 그 사람에 대해 그런 기분이 들었음'을 깨닫게 된다. 상자가 보이면 다른 사람과의 관계를 잘 파악할 수 있다.

예를 들어 친구에서 연인이 되고부터 관계가 원만하지 않은 사례에 관해 생각해 보자. '친구의 상자'에는 '서

로 사생활을 중요시한다.'라는 규칙이 있고, '연인의 상
자'에는 '연인과 만날 계획은 다른 무엇보다 우선하지 않
으면 안 된다.'라는 규칙이 있다고 해 보자. 그런데 만약
상대가 가진 '연인의 상자'에는 그런 규칙이 없다면, '사
귀고 있는데 어째서 나를 먼저 생각해 주지 않을까?' 하
는 불만이 쌓이게 된다. 나는 상대와 만날 일정을 무엇보
다 중요하게 생각하고 있는데, 상대는 그렇지 않기 때문
에 '감정의 어긋남'이 생긴다. 하지만 내가 '연인의 상자'
에 담긴 규칙에 따라 행동했음을 깨닫는다면, 문제가 생
겼던 원인이 보인다.

## 자신에게 맞춘 상자를 만들자

이제 인간관계가 힘든 이유는 '상대 탓'도 아니고 '내 탓'도 아닌, '구조(상자)의 문제'임을 알았다. '상자' 그 자체가 원인인데도 우리에게는 상자가 보이지 않기 때문에 상대를 바꾸고 싶은 마음이 든다. 그 상태로는 아무리 시간이 지나도 인간관계가 정리되지 않는다.

그렇다면 어떻게 해야 할까? 정답은 한 가지이다. 자신에게 맞춘 알맞은 상자를 새롭게 만들면 된다. 일단 상자를 제로로 리셋하고, 자신에게 맞게 주문 제작된 새로운 상자를 만들자.

자신에게 맞도록 상자를 만드는 일은 '인간관계를 상자에 분류'하는 일과 같은 원리이기 때문에 인간관계에 여유가 생기고 편안해진다. 아무래도 상관없는 상대, 나와 맞지 않는 상대에게 얽매여 쓸데없이 시간을 낭비하는 일도 없어진다. 상자를 새로 만들어서 자신과 정말 잘 맞는 사람, 소중한 사람과의 시간을 충분히 즐길 수 있도록 인생 설계를 바꾸자.

상자는 살다 보면 점점 늘어나기 때문에
상자를 없애는 것이 아니라

자신에게 알맞은 상자를 새롭게 만들면 된다

## 5 인간관계를
## '세 가지 상자'로 분류하자

### 자신의 인간관계를 '세 가지 상자'로 재단장하자

자신의 인간관계 상자를 새롭게 만들어 보자. 새로운 상
자는 '거리감의 상자' 세 가지이다. 자기 앞에 다음과 같
은 세 개의 빈 상자가 있다고 상상해 보자.

- 첫 번째 상자: <mark>아무래도 상관없는 상자</mark>

어쩔 수 없이 만나는 사람, 불편한 사람, 거리를 두고 싶은 사람을 넣
는 상자이다. 그다지 흥미가 없는 사람 대부분이라고 할 수 있다. 어디
에 분류하면 좋을지 헷갈리는 사람도 여기에 넣는다.

- 두 번째 상자: <mark>함께하고 싶은 상자</mark>

함께 있어서 즐거운 사람, 재미있는 사람, 다시 만나고 싶다는 느낌이 드는 사람을 넣는 상자이다. 즐거운 시간을 공유하거나 놀이와 취미를 함께 즐길 수 있는 사람이 여기 들어간다. '이 사람과는 이런 놀이를 하고 있다.', '이런 대화를 하고 있다.', '이런 시간을 공유하고 있다.' 등과 같이 어떤 즐거움을 함께하고 있는지 구체적으로 생각하면 그 상대와 어떤 연결고리가 있는지도 분명하게 보인다.

• 세 번째 상자: **이유 없이 끌리는 상자**

이유는 잘 모르겠어도 어째서인지 신경이 쓰이는 사람, 감각적으로 끌리는 사람을 넣는 상자이다. 구체적 조건과 장래 이미지, 무엇을 함께하고 싶은지 등이 떠오르기 전에 이유 없이 끌리는 관계이다. 물론 '한눈에 반한 사람'도 여기에 들어간다. 용건도 없는데 연락하고 싶어지거나, 실제로 연락하게 되는 상대이다.

## 새롭게 준비한 세 가지 거리감의 상자

**아무래도
상관없는 상자**

어쩔 수 없이 만나는 사람,
거리를 두고 싶은 사람
(헷갈리는 사람도
여기에 넣는다)

**함께하고 싶은
상자**

즐겁고, 재미있고
다시 만나고 싶은 사람

**이유 없이
끌리는 상자**

이유는 모르지만
어째서인지 끌리는 사람

## 느끼는 대로 분류하자!

이 세 가지 상자에 자신의 인간관계를 정리하자. 지금까지 넣어 두었던 상자에서 모든 인간관계를 꺼내서 세 가지 상자에 다시 넣는다. 자신을 둘러싸고 있는 인간관계, 가족, 친구, 회사 동료, 상사, 이웃, 친척, 취미 동료… 떠오르는 대로 사람들을 분류해 보자.

이 작업은 '감각'으로 하는 것이 가장 중요한 포인트이다. 머리로 생각하지 말고 느낌대로 분류한다. '그 사람은 좋은 사람이지만, 약간 이런 부분이…', '그 사람에게는 여러 가지로 신세를 많이 졌으니까…' 등과 같이 많은 것을 고려하기 시작하면 감각이 흔들린다. 또, 생각하면 생각할수록 '기존 상자'의 영향이 나타나게 된다. 담담하게 기계적으로 작업한다는 점이 핵심이다.

## 마음의 온도계에 물어보자

분류하는 기준은 자신의 마음에 느껴지는 온도이다. 자

신 안에 있는 '온도계'를 상상해 보자. 그 사람을 생각했을 때 마음의 온도가 어떻게 느껴지는가? 그 사람을 생각하면 '마음이 따뜻해진다'거나 '포근한 느낌'이 든다면 '함께하고 싶은 사람'이거나 '이유 없이 끌리는 사람'일 가능성이 크다. 이와 반대로, 그 사람을 생각해도 마음이 따뜻해지지 않거나, 오히려 차가워진다면 '아무래도 상관없는 사람'에 해당한다.

## 지금까지의 상자에서 꺼낸 상대를 객관적으로 다시 보자

먼저 상상을 통해 상대를 지금까지 넣어 둔 상자에서 꺼내고 '아무래도 상관없는 사람'으로 보자. 배우자도 아니고, 부모님도 아니고, 친구도 아니고, 상사도 아니고, '그냥 사람'으로 바라보라는 뜻이다. '상상으로만 해서 의미가 있을까?'라고 생각할지도 모르지만, 해 보면 의외라는 생각이 들 정도로 느낌이 바뀐다는 사실을 깨닫게 될 것이다.

여기서 망설임이나 죄책감이 생길 때가 있다. 특히 가까운 사람, 가족이나 자주 만나는 사람, 도움을 받은 적이 있는 사람에 대해서는 그래도 괜찮을까 싶은 기분이 들게 된다. 이처럼 망설임과 죄책감이 생기는 현상은 '기존의 상자'에 강하게 얽매여 있다는 증거이다. 상상 속의 상자에서 꺼내는 데도 저항감을 느낄 정도로 큰 영향을 받고 있다고 할 수 있다.

하지만 그 정도로 가까운 사람을 상자에서 꺼내는 데 성공한다면, 다른 사람은 훨씬 더 간단하게 분류할 수 있게 된다. 그리고 상자에서 꺼냈으면 새롭게 만든 자신

의 세 가지 상자 중에 그 사람을 어디에 넣을지 생각해
보자.

상자에서 꺼내는 작업은 그 누구에게도 이야기할 필
요 없고, 단지 머릿속으로만 하기 때문에 상대가 눈치챌
일도 없다. 정말 중요한 상대라면 그 소중함을 분명하게
알 수 있게 되고, 그 사람과의 관계를 더 좋은 방향으로
생각할 수 있게 된다.

이 작업을 처음 시작할 때는 마음이 불편하거나 힘들지도 모르지만, 일종의 게임이라고 생각하고 담대한 마음으로 해 보자. 처음에는 어색할지 몰라도 이 책에서 설명하는 방법대로 해 나가다 보면 어느새 한층 마음이 가벼워지고 편안해지는 기분을 느낄 수 있을 것이다.

## 6 분류가 힘들 때는 이렇게 하자

### 망설여질 때는 '아무래도 상관없는 상자'에

분류하다 보면 '이 사람은 어떤 상자에 넣어야 할지' 고민될 때가 있다. 고민이 된다면 '아무래도 상관없는 상자'에 넣는다. 일단 넣고 나서, 다음 챕터에서 이야기할 '아무래도 상관없는 상자의 사람을 대하는 방법'으로 그 사람을 대한다. 나중에 '이 사람과는 조금 더 깊은 관계가 되고 싶다.'라거나 '앞으로도 함께하고 싶다.'라는 생각이 들었을 때 다시 상자를 바꾸면 된다.

'아무래도 상관없는 상자'에 한번 넣었다고 해서 평생 그대로 가지는 않는다. 다시 판단하게 될 수도 있다. 일단

'아무래도 상관없는 상자'에 넣어 두고, 더욱 시간을 함께 보내고 싶은 상대라고 느꼈을 때 '함께하고 싶은 상자'로 옮기면 된다.

망설여질 때 가장 해서는 안 되는 일은 '이유 없이 끌리는 상자'에 넣는 것이다. 그렇게 하면 인생이 혼란스러워질 수 있다. 이에 관해서는 다음 챕터에서 이야기할 텐데, 잘못된 상대에게 마음을 열면 힘든 상황이 생기거나 상처를 받을 수도 있다.

그런 문제가 생긴다면 일단 '아무래도 상관없는 상자'에 넣고 상황을 지켜보자. 차분하게 객관적으로 보는 동안 생각이 점점 정리된다. '역시 이 사람은 아무래도 상관없는 상자였다.'라는 생각이 든다면 그대로 두면 되고, '이 사람은 확실히 나와 잘 맞는다.'라고 느낀다면 '함께하고 싶은 상자'에 넣으면 되고, 그것과 다른 뭔가가 느껴진다면 그때 비로소 '이유 없이 끌리는 상자'에 넣으면 된다.

'이유 없이 끌리는 상자'에 상대를 넣으면, 그 상대에게 마음을 과하게 열거나 거리감을 제대로 조절하지 못하게 되는 경향이 생긴다. 그래서 일단 상대와 거리를 두기 위해서라도 '아무래도 상관없는 상자'에 넣자. 그러면 차분하고 냉정하게 지켜볼 수 있다.

## 무엇이든지 넣을 수 있는 '일단 상자'

아무리 그래도 어떤 사람은 '아무래도 상관없는 상자'에 넣는 데 큰 저항감이 들 수도 있다. 예를 들어 정말 힘들 때 도움을 받고 신세를 졌던 사람이 있을 수 있다. 사실 과거에 뭔가를 해 줬다고 해도 '아무래도 상관없는 사람' 은 '아무래도 상관없는 상자'에 넣으면 되지만, 갑자기 그 렇게 하기는 힘들지도 모른다.

이럴 때를 대비해 또 한 가지 상자인 '일단 상자'를 준 비해 보자. 그리고 그 사람이 해준 것에 대한 감사의 마 음, 갚아야 하는 보답도 포함해 일단 그 상자에 넣는다. '그 사람이 그때 이렇게 해 줬다.', '그 사람에게 이런 도 움을 받았다.', '그 사람이 그때 그렇게 조언해 줘서 고마 웠다.' 등과 같이 여러 감정과 기억이 있는 사람은 그것 까지 모두 '일단 상자'에 넣는다.

또, 분류에는 '좋고 나쁨'의 감정이 들어가면 안 된다. 좋고 나쁨의 감정이 생겨날 때도 이 '일단 상자'에 넣어 두자.

그다음 할 일은 '아무래도 상관없는 상자'와 동일하다. 객관적으로 상태를 지켜보면서 그 사람에게 어울리는 상자에 바꿔 넣는다.


## '아무래도 상관없는 상자'가 시작이라고 생각하자

분류하다 보면 '아무래도 상관없는 상자'에 들어가는 사람이 굉장히 많다는 사실을 깨닫게 될 것이다. 기본적으로 세상 사람은 모두 '아무래도 상관없는 상자'의 사람이다. 길에서 만나는 사람 모두, 동호회 사람 모두, 회사 사람 모두, 우리나라 사람 모두 '아무래도 상관없는 상자'에 들어갈 사람들이다. 처음에는 모든 사람을 '아무래도 상관없는 상자'에 넣어도 좋다. 거기서 특별하다고 생각하는 사람을 꺼내서 다른 상자에 넣으면 된다.

아마도 사람들은 대부분 이와 거꾸로 살아가고 있지

않을까 싶다. 주변 사람, 만나는 사람 모두를 중요하게 생각하려고 한다. 그러다가 점점 '피곤하다', '힘들다' 싶은 사람이 생기기 시작한다. '모두가 중요한 사람'에서 시작하기 때문에 인간관계가 쉽사리 엉망이 되곤 한다.

'아무래도 상관없는 사람'에서 시작한다면 기분이 아주 가벼워지고 편안해진다. 그리고 '정말 중요한 사람'이 누구인지도 보일 것이다.

## 애정의 유무와 '아무래도 상관없는 상자'는 관계가 없다

분류하면서 생기는 커다란 문제 중 하나가 가족과 친척 등이다. 앞선 내용에서도 조금 다루었으나, 특히 부모님과 자식을 '아무래도 상관없는 상자'에 넣어도 될지에 대해 불편한 생각이 들 수도 있다.

하지만 대답은 "그렇다."이다. 부모님이라고 해도 대할 때 피곤하다면 '피곤한 감각을 가져오는 상대'이다. 더 중요하다고 할 수 있는 '자식'이라도 스트레스를 느낀다면 '자신에게 스트레스를 주는 상대'이다. 그러므로 '아무래도 상관없는 상자'에 넣는 것이 정답이다. 이는 애정의 유무와는 별개의 문제이다.

부모님과 자식을 분류하는 일에 저항감을 느끼는 이유는 그만큼 관계가 가깝고 친밀한 상대이기 때문이다. 하지만 반대로 생각하면 그래서 오히려 인간관계에서 받는 스트레스의 상당한 부분을 차지하고 있을 가능성이 크다. 그러므로 일단 감정은 제쳐두고 작업을 진행하도록 하자. 그 사람과의 관계를 좋게 하기 위해, 더 나은 미래를 위해 '아무래도 상관없는 상자'에 넣어 둔다고 생각하자.

## 셀프 체크 당신의 인간관계를 '세 가지 상자'로 분류해 보자

이제 인간관계를 '세 가지 상자'로 분류하는 요령을 알았을 것이다. 여기서부터는 실제로 분류해 보도록 하자. 이 작업은 게임처럼 즐겁게 하는 것이 핵심이다. 머리로 상상하거나 종이에 쓰기만 하면 되고, 실제로 상대에게 이야기할 필요는 없기 때문에 아무도 이에 관해 알 수 없다. 단호한 마음으로 해 보자.

① 종이나 노트를 준비해 '아무래도 상관없는 상자', '함께 하고 싶은 상자', '이유 없이 끌리는 상자' 세 가지 상자를 그린다.

② 지금 어떤 형태로든 나와 연결된 사람들을 생각이 떠오르는 대로 세 가지 상자 중 '이것이다' 싶은 상자에 감각적으로 나누어 적어 보자. 깊이 생각하지 말고 그 순간에 떠오르는 대로 선택하는 것이 중요하다. 망설여지는 사람이 있다면 일단 '아무래도 상관없는 상자'에 넣는다. 도무지 분류하기 힘든 사람도 '아무래도 상관없는 상자'에 넣는다.

Chapter 3

인생을 바꿔 주는
세 가지 상자

# 세 가지 상자에 속하는 사람들과 좋은 관계 맺기

'세 가지 상자'에 지금까지의 인간관계를 분류하고 정리하면서 그동안 깨닫지 못했던, 혹은 보려고 하지 않았던 자신의 감정을 알았다는 사실만으로도 상당히 개운한 기분을 느꼈으리라고 생각한다.

하지만 분류했다고 해서 모두 끝난 것은 아니다. 세 가지 상자에 넣은 사람들과 이제부터 어떤 관계를 맺을지, 어떻게 대하면 좋을지에 대한 과제가 남아 있다. 특히 '아무래도 상관없는 상자'에 있는 사람들과 어떻게 만남을 이어갈지가 중요하다.

여기에서는 세 가지 상자로 분류한 사람들을 각각 어떻게 대하면 좋을지에 관해 이야기해 보려고 한다.

## '아무래도 상관없는 상자'의 사람들을 대하는 방법

### 사용하는 에너지와 시간을 철저하게 줄인다

'아무래도 상관없는 상대'와는 일단 접촉을 최소한으로 줄인다. 이것이 가장 중요한 핵심이다. 아무래도 상관없는 상대에게 신경 쓰고 인생의 시간을 할애하면 할애할수록, 그리고 에너지를 소모하면 소모할수록 인생은 피폐해진다. '아무래도 상관없는 상대'는 일단 멀리해야 한다. 가능한 한 함께 지내는 시간과 관계성을 줄이고 '용건'만을 접점으로 해야 한다.

더 정확하게 말하자면, '자신의 이익'만을 생각하며 대하라는 이야기이다. '그 상대와는 이런 부분의 이익만을

위해 만나겠다.'라고 결심하면 된다. 이렇게 생각하기만
해도 스트레스가 상당히 줄어든다.

상대와의 관계를 완전히 차단하면 업무상에 불이익을
받거나 피해가 생기는 등의 곤란한 상황이 생길 수도 있
다. 하지만 접점을 최소한으로 줄인다면 상대는 내 태도
를 눈치채지 못한다. 그리고 뒤에 이야기할 '능숙한 사귐'
을 이어 나간다면 문제는 발생하지 않을 것이다.


## 할 것과 하지 않을 것을 명확하게 정한다

접점을 최소한으로 줄이기 위해서는 스스로 규칙을 세워
야 한다. '관계를 끊는다.'보다는 '관계되는 상황을 최소
화한다.'라고 생각하면 된다. 그리고 '관계되는 상황' 이
외의 만남은 그만둔다.

예를 들어 직장 상사가 '아무래도 상관없는 사람'이라
면, 직장에서는 표면적으로 요령 있게 대하지만 회식은
거절하거나 개인적인 이야기는 하지 않는 등 '나만의 규
칙'을 만들어서 실천한다. 마찬가지로 '아무래도 상관없

는 사람'인 아이 친구의 엄마도 아이를 학교에 바래다주다가 만났을 때 인사 정도는 할 수 있지만, 같이 식사하거나 차를 마시는 등의 따로 만남을 갖지 않는다는 규칙을 만들면 좋다.

부모님이 '아무래도 상관없는 상자'에 속해 있다면, 집에서 나와 살면서 명절이나 연말연시에만, 그것도 시간을 정해서 몇 시간 정도만 있다 온다. 같이 살더라도 식사는 따로 하거나 가급적 집에 있지 않으려고 하는 등의 방법을 선택한다.

이런 규칙을 만들면 자신에게 '아무래도 상관없는 존재'에게 과하게 신경 쓰거나 불필요한 에너지를 소모하는 일이 없어질 것이다.

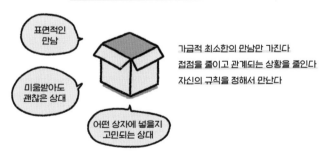

**아무래도 상관없는 상자**

표면적인 만남

미움받아도 괜찮은 상대

어떤 상자에 넣을지 고민되는 상대

가급적 최소한의 만남만 가진다
접점을 줄이고 관계되는 상황을 줄인다
자신의 규칙을 정해서 만난다

## '아무래도 상관없는 사람'에게는 진심일 필요가 없다

'아무래도 상관없는 상대'를 대하는 또 한 가지 핵심은 '진심으로 대하지 않는다'는 점이다. 즉, 자신의 기분과 감정을 전혀 넣지 않고 '마음을 버린다.' 거리를 두고 싶은 사람, 피곤하고 싫은 사람에게 '진심'일 필요가 없다. 어떻게 되든 별로 관심이 없는 상대들이며, 너무 가까이 하면 스트레스를 주는 식으로 내게 불이익이 되는 사람들이다. 그렇기 때문에 진심도, 성의도 전혀 필요가 없다. 이렇게 '진심을 버리고 대하기'가 가능한지, 가능하지 않은지가 '아무래도 상관없는 상자'에 넣은 상대를 대하는 가장 중요한 핵심이다.

# **3** '아무래도 상관없는 상자'의 사람들과 접점을 줄이는 방법

## 가면을 쓰고 만난다

그렇다면 '최소한의 접점'으로 줄이기 위해서는 어떻게 해야 할까? 최소한이라고 해도 그 상대와 접점을 갖는 것 자체만으로 스트레스를 느끼는 사람도 있다. 그래서 여기에서는 스트레스를 최소한으로 줄이며 대할 수 있는 방법을 소개하고자 한다.

바로 '아무래도 상관없는 상대'와 만날 때 '연기'를 하는 방법이다. 배우처럼 연기해서 일종의 캐릭터가 되어 만나면 된다. 그 상대에 맞게 가장 스트레스가 생기지 않을 캐릭터로 연기해서 상대에게도 맞춰 주고, 에너지를 최대한 소모하지 않을 수 있는 가면을 쓰는 것이다. '이 사람을 대할 때는 이런 캐릭터로 연기하겠다.'라고 정하면 된다. 예를 들어 설명해 보겠다.

- 금방 기분이 나빠져서 화를 내는 상사
  ⇒ 평소에 그 사람을 치켜세워 줘서 기분 좋게 만들어 주는 캐릭터, 남의 이야기를 듣고 한 귀로 흘려 버리는 캐릭터
- 다른 사람의 흉만 보는 귀찮은 동네 사람
  ⇒ 사소한 일에 전혀 신경 쓰지 않는 대범한 캐릭터, 다른 사람에게 관심이 없는 캐릭터
- 귀찮게 메시지를 보내오고 답장을 요구하는 사람, 침울한 내용의 메시지를 보내는 사람
  ⇒ 스마트폰을 잘 보지 않는 캐릭터, 답장이 늦는 캐릭터
- 사적으로 계속 연락하는 선배
  ⇒ 다른 사람과 잘 연락하지 않는 캐릭터, 혼자 놀기를 좋아하는 캐릭터
- 내키지 않는 약속을 빈번하게 잡는 지인
  ⇒ 모임을 싫어하는 캐릭터, 취미 생활로 바빠서 시간이 없는 캐릭터
- 만나면 정치 이야기만 하는 부녀회 사람

⇒ 받아주는 듯하면서도 겉으로만 반응하는 캐릭터, 뉴스를 잘 보지 않는 캐릭터

처음부터 캐릭터를 어느 정도 정해 놓으면 자연스럽게 연기할 수 있게 된다. 이것이 가능해지면 인간관계가 아주 편해진다. 그러니 즐거운 마음으로 명배우가 되기를 바란다.

## 임기응변, 자유자재로 캐릭터를 바꾸자

이때 중요한 점은 상대에 따라 임기응변으로 캐릭터를 바꾸는 것이다. 이는 자신의 아바타(avatar, 컴퓨터 사용자가 자신을 스스로 형상화한 모형)를 만드는 개념과 비슷하며, 캐릭터는 몇 개라도 괜찮다.

상대에 맞춰 태도를 바꾸고, 상대를 표면적으로 대하는 데 죄책감이나 불편함을 느끼는 사람이 있을지도 모른다. 그때는 이렇게 생각해 보자. 그 사람은 '아무래도 상관없는 상자'에 넣은 사람이다. 그렇다면 그 사람은 내

게 그 정도밖에 안 되는 존재이다. 그런 상대에게 신경 쓴다면 '아무래도 상관없는 것'에 에너지를 사용하고 소모할 뿐이다. 만약 표면적이고 얕은 관계라고 해도 억압받고 불편했던 요소의 영향이 줄어들어 그 사람과의 의사소통이 더 원활해지면, 결과적으로는 인생이 더 풍요로워질 수 있다.

이처럼 자신의 부담과 고통을 최소화하기 위해서는 상대에 맞춰 태도를 바꾸는 것이 중요하다.


## 역할에 지나치게 몰입하지 말고 냉정하게 연기하자

이렇게 이야기하면 '나는 연기가 힘들다.', '다른 사람에 맞춰서 잘 연기할 자신이 없다.'라고 생각하는 사람이 있을지도 모른다. '연기하지 않으면 안 된다.'라고 의식하면 더 힘들어진다. 그렇다면 '연기'라고 하기보다 '그런 캐릭터로 대하기로 정했다.'라는 생각만으로도 충분하다.

사실 우리는 사회생활을 하는 이상, 많든지 적든지 간에 '연기'를 하고 있다. 고객에 대해서는 '점원', '영업'이라고 하는 역할, 상사에 대해서는 '부하직원'의 역할, 부모님에 대해서는 '자식'의 역할을 자연스럽게 연기한다. 그러나 지금까지는 내 의지가 아니라 타인의 가치관과 규칙에 따라 연기할 수밖에 없었다. 이는 많은 에너지를 소모하게 하고, 우리를 지치게 한다. 그러니 이제부터는 내가 '의식적으로 역할을 연기'하자는 뜻이다.

하지만 이때 '역할에 지나치게 몰입하지 않는 것'이 중요하다. '역할'은 '나 자신'이 아니다. 지나치게 감정을 이입하면 오히려 더 힘들어진다. 명확하게 '연기하고 있다.'라는 의식을 갖고, 객관적 시선을 잃지 않아야 한다. 동물 의상이나 탈을 뒤집어쓰고 연기한다고 생각하면 좋을 것이다.

## '아무래도 상관없는 상자'에도 의미가 있다

## 캐릭터를 바꿔도 문제가 생기지 않는다

'아무래도 상관없는 사람'을 대하는 방법을 정하면, 지금까지 그 사람을 대하던 때와 다른 상황이 생긴다. 다음과 같은 예를 들 수 있다.

- 지금까지 했던 이야기는 하지 않게 되고, 오히려 하지 않았던 이야기를 하게 된다
- 지금까지 하자는 대로 끌려다녔던 일을 거절하게 된다
- 지금까지는 가만히 있었는데, '이것은 제가 하겠습니다.'라고 말하게 된다

하지만 이런 변화를 의외로 주변 사람들은 잘 눈치채지 못한다. 나 자신은 극단적으로 인격이 바뀐 듯이 느껴지더라도 바깥으로 나오는 태도는 생각보다 크게 바뀌지 않기 때문이다. 그래도 신경이 많이 쓰인다면 서서히 태도를 바꾸거나, 서서히 거리를 두도록 해 보자. 특히 지금까지 무리해서 맞춰 줬던 상대에 대해서는 더욱 신중하게 시간을 들여서 거리를 두도록 하자.

## '아무래도 상관없다'와 '아무데도 쓸모없다'는 다르다

'아무래도 상관없는 상자'에 속한 상대와의 만남을 최소화해야 한다고 이야기했지만, '아무래도 상관없는 사람'과의 만남이 전혀 쓸모없고 가치가 없냐고 묻는다면, 전혀 그렇지 않다. '아무래도 상관없는 상자'에서도 얻을 수 있는 뭔가가 있기 때문이다.

인간사회 대부분은 '최소한의 만남'으로 구성되어 있다. 예를 들어 길에서 스쳐 지나갈 때 가볍게 인사하는 이웃, 물건을 살 때 대화를 나눈 점원, 가끔 이야기하는 회사 다른 부서 사람… 이런 사람들과 깊게 만나지는 않더라도 이와 같은 관계들로 우리 사회는 형성되어 있다. 그러므로 '아무래도 상관없는 상자'에 속한 사람들과의 관계를 자신의 삶에서 완전히 배제할 수는 없다.

실제로 우리는 삶을 살아 가는 동안 '아무래도 상관없는 상자'에 속하는 사람과는 무수히 많이 만나고 관계를 맺게 된다. 그러니 '아무래도 상관없는 상자'에 속한 사람들과의 수많은 만남이 '내 삶을 유지하고 사회생활을 영위하는 근간'이라고 생각하기를 바란다.

## 5 '함께하고 싶은 상자'의 사람들을 대하는 방법

## 자신이 즐거운 것만 얻자

다음은 '함께하고 싶은 상자'에 관해서 이야기해 보겠다. 이 상자는 '아무래도 상관없는 상자'보다 대하기 어려운 부분이 있다. 그 사람과의 만남에서 힘든 순간이 찾아와도 '상관없는 취급'을 할 수 없기 때문이다. 즉, 사실은 만나고 싶지 않아도 만나야 하거나, 싫은 점이 있어도 끊을 수 없다. 그래서 이 관계를 소중하게 생각하는 만큼 더 잘 지내야 한다. 그러려면 함께하고 싶은 부분과 함께하고 싶지 않은 부분을 구별할 필요가 있다.

먼저 그 사람과 함께 있을 때 '무엇이 즐거운지'를 생각해 보자. 그리고 반대로 '무엇이 즐겁지 않은지'도 생각해 보자. 예를 들면 다음과 같다.

- 가끔 만나서 식사하거나 술을 마실 때는 즐겁지만, 함께 여행하면 서로 다른 점이 많이 느껴져서 즐겁지 않다
- 취미에 관해 이야기할 때는 마음이 맞아서 즐겁지만, 무심한 부분 (약속 시간에 늦거나 빌린 물건을 돌려주지 않는 등)이 있어서 함께 만나서 노는 일은 피하게 된다
- 아는 것이 많고 여러 가지를 가르쳐 줘서 대단하다고 느끼지만, 이유를 모르게 갑자기 기분이 안 좋아질 때가 있어서 대하기 힘들다고 느낀다
- 같이 식사하면서 이야기를 나눌 때는 시간 가는 줄 모를 정도로 즐겁지만, 주사(酒邪)가 좋지 않아서 함께 술자리를 갖고 싶지 않다
- 함께 일할 때는 누구보다도 의기투합할 수 있지만, 사적인 이야기를 하면 불편한 기분이 든다

이처럼 상대와 관련된 부분 중에 '무엇이 즐겁고, 무엇이 즐겁지 않은지'를 알게 되면, 그중 '즐거운 부분'만을 접점으로 하고 '즐겁지 않은 부분'은 피해야 한다. '함께

하고 싶은 사람'이라고 해도 불편한 부분까지 함께하고, 깊은 속내까지 털어놓으며 모든 것을 나눌 필요는 전혀 없다. 누군가와 만날 때 전부 터놓고 이야기하기를 좋아하는 사람도 있지만, 모든 사람을 그렇게 대하다 보면 피곤하고, 때로는 문제가 생기기도 한다.

사람에게는 여러 가지 측면이 있다. 어느 정도 마음을 연 상대라고 해도 모든 것을 받아들이기는 부담스럽기 마련이다. 아무리 친한 사이라 해도 서로에게 보여 주지 않는 부분이 있다. 사람에게는 누구나 알게 되면 마음 편하게 만날 수 없는, 즉 모르기 때문에 마음이 편할 수 있는 이면이 있기 때문이다. 그 누구라도 개인적이고, 침해받고 싶지 않은 부분이 있다.

반드시 자신의 모든 것을 드러내고 깊은 속내까지 주고받을 필요는 없다. 그 대신, 즐거움을 나눌 수 있는 지점인 '즐거움 포인트'를 찾도록 하자.

# '같음'과 '다름'이 모두 즐겁다면 행복은 배가 된다

'함께하고 싶은 상자'의 사람을 대할 때는 '무엇을 함께 할지' 정하는 것이 중요하다. '이 사람과는 테니스를 함께 치고 싶다.', '이 사람과는 술을 마시고 싶다.', '이 사람과는 함께 여행을 다니고 싶다.' 등과 같이 말이다. '즐거운 시간만을 함께한다.'라는 점을 의식하면 '함께하고 싶은 상자'에 넣은 사람과의 즐거운 시간을 늘릴 수도 있다.

그리고 그 이외의 부분은 줄이면 된다. '테니스는 함께 치지만, 차를 마시거나 같이 식사하지는 않는다.' 또는 '같이 식사는 하지만, 고민 상담 같은 것은 하지 않는다.' 라는 식이다.

함께할 사항을 분명하게 하면 그 사람과 할 일, 만날 장소, 시간대 등이 자연스럽게 보인다. 얻을 수 있는 바를 확실하게 깨달으면, 그것을 분명하게 즐길 수 있고, 목적 없이 시간을 낭비하는 일도 없다.

또, 함께하는 뭔가가 있다고 해도 사람마다 그것을 느끼는 방법이나 받아들이는 방법, 관점이 서로 다를 수 있다. '함께하고 싶은 상자'에 들어 있는 사람과는 그 차이를 존중할 수 있도록 의식적으로 의사소통하면 즐거움이 더욱 커진다.

## 그 이상을 원해서는 안 된다

여기서 한 가지 주의가 필요하다. 바로 즐거움을 나누는 상대에 대해 욕심을 부리는 것이다. 즐거운 시간을 보낸 이후에는 '이 사람이라면 다른 뭔가를 함께해도 즐겁겠다.'라는 기대가 생길 수 있다. 이런 기대가 커지면 어느 순간 상대와의 거리가 지나치게 가까워지고 부담스러워질 위험이 있다. 아무리 즐거운 상대라고 해도 거리감을 착각하면 불편해진다는 사실을 잊지 말아야 한다. 그러므로 '무엇이 즐거운가'와 '무엇이 즐겁지 않은가'를 제대로 인식하려는 자세가 중요하다.

예를 들어 학창 시절 친구를 '함께하고 싶은 상자'에 넣었다고 해 보자. 그 사람과는 졸업 이후에도 가끔 만나서 식사하거나, 여행을 함께 다니는 사이였다. 그런데 졸업하고 5년이나 지나고 나니, 어째서인지 옛날과 다르게 만나도 이야기가 잘 통하지 않고, 즐겁지 않은 상황이 생겼다.

관계성은 늘 똑같이 유지되지 않는다. 누구라도 좋아하던 것이 바뀌거나 질릴 수 있다. '함께하고 싶은 상자'에 넣은 상대에 대해서는 무엇을 함께하는지가 아니라, '그 사람과 함께할 때 즐겁다는 생각이 드는지'가 중요하다. 아무리 생각해도 잘 맞지 않는다는 느낌이 든다면, 무리하게 함께 행동할 필요 없이 상황을 잘 보도록 하자.

## 전체적으로 '즐거움'이 많으면 된다

'함께하고 싶은 상자'에 넣는 사람은 보통 여러 명이다. 그리고 '이 사람과는 이것을 함께한다.'라는 생각으로 각각 즐거움을 공유하며 관계를 이어 나간다. 취미, 놀이, 식사, 이벤트 등 여러 가지 즐거움이 '함께하고 싶은 상자' 안에 존재한다.

우리 인생은 '함께하고 싶은 상자'에 넣은 사람들과의 관계 덕분에 풍요로워진다. 만약 그중 누구 하나가 이

전만큼 즐겁지 않은 관계가 된다면, 또 다른 관계 중에서 특히 즐겁다고 생각하는 것을 중심에 놓는다. 그러면 다시 기분 좋게 '함께하고 싶은 상자'에 넣은 사람들을 대할 수 있게 된다.

'함께하고 싶은 상자'에 넣은 사람들과의 관계를 잘 유지하면, 혼자 지낼 때보다 인생에서 얻을 수 있는 즐거움이 몇 배나 커진다.

### 함께하고 싶은 상자

함께 ○○을 하면 즐거운 사람

그 접점 이외에는 반응이 없어도 OK

즐거움을 함께할 수 있는 상대

무엇이 즐거운지, 즐겁지 않은지를 분명히 한다
즐거운 시간을 늘리고, 즐겁지 않은 시간을 줄인다
어떤 즐거움을 얻고 있는지 생각한다

# 6 '이유 없이 끌리는 상자'의 사람들을 대하는 방법

## 어째서 끌리는지는 천천히 알아도 된다

마지막은 '이유 없이 끌리는 상자'이다. '이유 없이 끌리는 상대'는 '무엇 때문에'나 '무엇을 하기 때문에'와 같은 이유와 전혀 상관없이 단지 내가 관계를 맺고 싶다고 생각하는 사람이다.

여기서는 '끌린다는 사실'이 가장 큰 핵심이다. 그 사람에게 끌리는 부분이 있다는 사실, 그 느낌에 따르는 것이 중요하다. 그럴 때는 어째서 그 사람에게 끌리는지, 왜 그 사람과 이어지고 싶은지와 같은 특별한 이유는 없어도 괜찮다. 찾으려고 해도 처음에는 알기 힘든 경우가 대부분이기 때문이다.

사실 '이유 없이 끌리는 상자'에 있는 상대와는 대부분 '함께 뭔가를 만들고 싶은 관계'가 형성된다. 보통 '이유 없이 끌리는 상자'에 넣은 다음에는 '그 상대만의 특별한 상자'를 새롭게 만들게 된다. 그 과정에서 '그래서 그 사람에게 끌렸구나.'라는 사실을 알게 될 때가 많다.

만약 끌리는 이유를 알았다고 해도, 그 사람과 바로 깊은 관계를 맺으려고 할 필요는 없다. '잘 맞는 관계'가 될 수 있다는 확신이 들 때까지 침착하게 상황을 관찰하도록 하자. 천천히 몇 년을 지켜봐도 좋다. 그러므로 초기 단계에서는 상대와 관계가 형성되는 과정, 예감, 징조 등을 즐기면 된다.

### 이유 없이 끌리는 상자

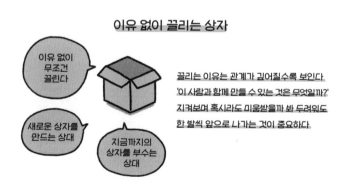

이유 없이 무조건 끌린다

새로운 상자를 만드는 상대

지금까지의 상자를 부수는 상대

끌리는 이유는 관계가 깊어질수록 보인다
'이 사람과 함께 만들 수 있는 것은 무엇일까?'
지켜보며 혹시라도 미움받을까 봐 두려워도
한 발씩 앞으로 나가는 것이 중요하다

## 특별한 관계는 상대와 함께 만들어 나간다

이유 없이 끌리는 상대를 사회와 타인이 정의한 상자에 넣을 필요는 없다. 만남을 이어 나가며 '특별한 상자'를 준비해 유일한 관계, 특별한 관계로 만들어야 한다.

내게도 특별한 상자에 넣은 사람이 몇 명이나 있다. 하지만 그런 사실을 상대에게 굳이 말하지는 않는다. 마음속으로 '이 사람은 내게 특별한 상자의 사람이다.'라고 일방적으로 생각하며 소중하게 여길 뿐이다. 하지만 그렇게만 해도 전혀 문제가 없다.

그리고 천천히 시간을 들여 그 사람과의 특별한 관계를 만들어 간다. 그렇게 관계가 깊어지면 어느 순간 자기 주변에 '이상적인 인간관계'가 쌓이게 된다.

## 인생에서 단 한 번, 이유 없이 강하게 끌렸던 사람

내가 어떤 사람에게 끌렸는지에 관한 에피소드를 이야기해 보겠다.

나는 20대 때, 먼저 이상적인 연애 상대의 조건을 리스트로 만들고 그에 딱 맞는 사람을 찾고 있었다. 그러던 어느 날, 마침내 내가 만든 조건에 딱 맞는 여성이 나타났고, 그녀와 사귈 수 있었다. 그런데 이상형이었던 그 사람이 어째서인지 나와 잘 맞지 않는다는 느낌이 들었고,

결국 헤어졌다. 이 정도로 조건에 맞는 사람과 만났는데
도 오래 만나지 못하다니, 어쩌면 나는 연애와 맞지 않는
사람이라는 생각이 들어 한동안 연애는 포기하고 일과
공부를 우선시하는 생활을 했다.

나중에야 깨달았지만, 당시 나는 '조건의 상자'를 만들
고, 그 상자에 상대를 넣으려고 했다.

그렇게 한동안 시간이 흐르고 어떤 여성과 만났을 때,
나는 충동적으로 끌리는 기분을 느꼈다. 그녀를 처음 보
자마자 내 안에 있던 우선순위가 부서지던 순간을 지금
도 선명하게 기억한다. 모든 것이 그녀만으로 가득 찼다.
우선순위가 부서졌다기보다는 우선순위 그 자체가 없어
졌다는 표현이 더 맞을 듯하다.

그 사람이 지금의 내 아내이다. 이전까지의 연애에서
는 "상대의 이런 점이 좋다."라고 세세하게 말할 수 있었
다. 하지만 그녀에 관해서는 그럴 수 없었다. '대체 그녀
의 어떤 점이 좋을까?'라고 생각해 봐도 아무것도 구체적
으로 떠오르지 않았다. 어디라고 콕 집어 말할 만한 특정
포인트를 찾을 수가 없었다.

굳이 말하자면 '그녀의 존재 그 자체'였다. 누군가가

내게 그녀의 어디가 좋은지 물어봤을 때, "내 영혼이 기뻐하는 듯하다."라고 대답했던 기억이 지금도 난다. 당시 나는 그런 정신적인 사고방식을 굉장히 싫어했기 때문에 내 입에서 그런 표현이 나왔다는 점은 의외였다. 그리고 그때 그렇게 물었던 사람도 "아, 그래."라고 납득했던 점 역시 지금 생각해도 신기한 일이다.

## 특별하다고 생각되면 이유를 굳이 찾지 않는다

'이 사람은 이유 없이 끌리는 상자에 넣을 수 있지 않을까?'라는 생각이 들어도 어째서인지 속 시원하게 할 수 없을 때가 있다. '이유 없이 그 사람과 이야기를 나누고 싶다.'라는 기분이 들지만, 잘 생각해 보면 순수한 마음이 아니었음을 깨닫게 되는 사례이다.

'이 상대는 특별하다.'라고 생각하면 생각할수록 '이유 없이 끌리는 상자'에 넣을 의미를 열심히 찾게 되고, 그러다 보면 관계는 점점 알기 어려워진다. 이는 '이유 없이'라는 점이 핵심인데도 열심히 '이유'를 찾으려고 해서 생기는 문제이다. 이럴 때는 서로의 관계를 발전시키려 하면 할수록 엉망이 되고, 관계를 회복하기에도 힘든 상황에 처할 가능성이 있다.

## 끌리고 있다는 사실만으로 충분하다

'이유 없이 끌리는 상대'는 '감각이 핵심'이라고 이야기했다. 하지만 그 '감각'이라는 부분이 의외로 어렵다. 그 사람과 만났을 때 상대에게서 뭔가를 얻겠다는 '이익' 측면만 생각하게 되면, 그 감각은 무뎌진다. 그러면 마치 마주 보게 놓은 거울처럼 '상대도 내게 무엇을 바라고 있을까?'라는 생각이 들어 신경이 쓰이게 된다. 그리고 어째서 상대에게 끌리는지 그 이유를 알고 싶어진다.

감각이 무뎌지면 '이유 없이 끌리는 상대'라고 해도 그것이 정말인지 아닌지 알 수 없게 된다. 또, 의심이 많거나, 사회적 상식의 상자에 사로잡혀 있거나, 스스로 자신이 없거나, 다른 사람을 신용할 수 없거나 등과 같이 불신감이 클 때도 상대를 제대로 보지 못한다.

감각을 무뎌지게 하지 않으려면 '끌린다는 사실' 자체를 중요하게 생각해야 한다. 그 관계가 무엇을 얻기 위해서인지, 혹은 무엇을 주기 위해서인지, 무엇을 받기 위해서인지가 아니라, 그 관계에 '자신이 끌리고 있다는 사실'을 인식해야 한다.

'이유 없이 끌리는 상대'에 관해서는 챕터6에서 더 자세히 설명하도록 하겠다.

## 7 '연애의 상자'를 대하는 자세

### '연애의 상자'는 백해무익하다

'이유 없이 끌리는 상자'에는 연인과 장래의 결혼 상대도 들어간다. 하지만 사람들은 대부분 연인을 '연애의 상자'에 넣는다. 그러나 연인을 '연애의 상자'에 넣으면 고민과 괴로움이 많아질 수 있다. '연애의 상자'에는 규칙이 굉장히 많은 경우가 대부분이라서 관계를 복잡하게 만들기 때문이다.

예를 들어 '연애의 상자에 들어 있는 사람은 반드시 한 사람이어야 한다.'라고 생각하는 사람도 있고, '여러 명이어도 괜찮다.'라고 생각하는 사람도 있다. 또, '정기적으로 데이트하지 않으면 안 된다.', '하루에 한 번은 연락해야 한다.' 등과 같은 규칙을 만들어 놓은 사람도 있고, '필요할 때만 연락하면 된다.'라고 생각하는 사람도 있다. '연애는 결혼을 전제로 해야 한다.'라는 규칙이 있다면 상대와 결혼을 전제로 만나기를 원하며, 이를 상대가 원하지 않는다면 '연애의 상자'에 넣을 수 없는 상황도 생긴다.

즉, 연애에 관한 모든 규칙이 '상대에 대한 기대'가 된다. 보통 연애 상대에 대한 기대는 다른 관계와 비교했을 때 훨씬 강한 경향이 있다.

또, 규칙은 기대가 클수록 더욱 세세해진다. '생일은 반드시 챙겨 줘야 한다.', '크리스마스는 매년 특별한 장소에서 보내야 한다.', '선물은 정기적으로 해야 한다.' 등과 같이 끝없이 늘어난다.

## '연애의 상자'에서 정한 규칙은 불행의 시작이다

규칙이 많으면 많을수록 그 모든 조건에 해당하는 사람은 찾기 힘들어지고, 정작 연애를 시작해도 상대가 기대에 부응하지 않으면 실망하게 된다. 상자의 규칙 때문에 기껏 만난 상대와 맞지 않는 부분이 많아지면 '나를 소중히 여기지 않는다.'라는 생각이 든다. '어째서 이 사람은 이렇게 하지 않을까?', '신경 써 주지 않을까?', '받아들여 주지 않을까?', '좋아한다면 그래야 하지 않는가?' 등과 같은 불만족스러운 생각이 차오르게 된다.

규칙은 끝없이 늘어나고, 허들은 점점 높아진다. 자신에 대해서도 무의식적으로 높은 기준을 만들게 되어 '상대를 실망시키고 싶지 않다.'라는 압박을 과도하게 느끼게 된다.

그러므로 '연애의 상자'를 버려야 한다. 이끌리는 상대를 '연애의 상자'에 넣고 싶더라도 참아야 하며, 이미 넣었더라도 다시 꺼내야 한다. 그리고 상대를 '연애의 상자'에 넣지 않는 편이 상대를 대할 때도 긴장하지 않고 여유가 생긴다. '연애의 상자'를 버릴 수 있다면 연애도 지금

보다 훨씬 편해질 것이다.

그리고 이유 없이 끌리는 상대라면 더욱 '연애의 상자'가 아니라 '이유 없이 끌리는 상자'에 넣어야 한다. 그러는 편이 연애 상대로 생각할 때보다 상대에 대해 느끼는 마음을 더 순수하게 받아들일 수 있다.

또, 자신의 마음에 솔직한 것도 중요하다. 그러면 결과적으로 상대에게 그 마음이 전해져서 원하는 대로 이루어질 가능성이 커진다.


## '연애의 상자'는 깨끗하게 비운다

'연애의 상자'를 버리면 좋은 또 다른 이유는 사실상 '아무래도 상관없는 사람'을 '연애의 상자'에 넣고 있는 사람이 굉장히 많기 때문이다. '예쁘니까', '주변에 자랑할 수 있으니까', '외로우니까', '빨리 결혼하고 싶으니까' 등의 이유로 자신과 맞지 않는 '아무래도 상관없는 사람'을 '연애의 상자'에 넣어 두는 경우가 많다.

'연애의 상자'에서 꺼내는 감각으로 관계를 다시 바라

보면 사실은 '아무래도 상관없는 사람'이었음을 깨닫거나, '예전에는 좋았던 듯한데, 지금은 좋지 않다.', 혹은 '마음이 식었다고 생각했는데 사실은 자주 싸울 뿐이고 아직 좋아한다.' 등과 같이 현재 내 상태를 깨달을 수 있다. '연애의 상자'를 통해 상대를 보지 말고, 자기 감각과 기분으로 보는 것이 중요한 포인트이다.

## 독자 사례 ⟩ 인간관계 정리를 시작한 사람들의 이야기

**직장에서 만나는 거래처 사람들을 정리했더니 마음이 훨씬 편해졌다**

**(50대 여성, 인력회사 직원)**

인력회사라는 일의 특성상 업체 사장이나 임원들을 접대해야 할 일도 많고, 개인적인 시간에도 일이 이어진다. 내 취미는 합창인데, 일이 바쁘다 보니 좀처럼 연습 시간이 나지 않는다는 점도 고민의 한 가지였다. 이런 상황이 계속되는 것이 싫어서 인간관계를 정리해 봤다.

예를 들어 주요 거래처 중 하나인 A씨. 그와는 같이 식사하거나 골프를 치는 등 좋은 관계를 유지했다. 그런데 그 사람을 일단 '고객'의 상자에서 꺼내어 생각해 보니 '함께하고 싶은 상자'가 아니었고, '이유 없이 끌리는 상자'도 아니었다. 즉, '아무래도 상관없는 사람'이었다. 이를 깨달은 순간 혼자서 큰 소리를 내어 웃었다. 속이 다 후련했다. 업무상 중요한 고객이니까 '이 사람이 좋다.'라고 생각했을 뿐 사실은 굉장히 싫었던 것이다. 지금까지 A씨와 만났을 때 불편한 기분이 들었던 이유를 알았다.

이와 반대로, 업체 사장 중에서도 하나의 인간으로서 '함께하고 싶은 사람'이 있었다. 신선한 충격이었다. 이렇게 나누어 보니 내 머릿속에 기준을 만들 수 있었고, 업무상에서의 만남이 훨씬 편해졌다.

취미 생활을 같이 하는 사람들은 모두가 '함께하고 싶은 사람'들이었고, 가족과 친구들은 '이유 없이 끌리는 상자'였다. '이유 없이 끌리는 상자'는 단 세 명밖에 되지 않았다. 이것도 충격이었지만, 내 속마음을 알 수 있어서 좋았다.

이제부터는 본심을 숨기지 않고, 자신을 괴롭히지 않고, 내게 정말 중요한 사람과의 시간을 소중히 여기며 인생을 행복하게 살아야겠다고 생각하게 되었다.


**엄마 모임을 그만뒀더니 너무 편해졌다** (40대, 파트타임 아르바이트, 주부)

아이들 엄마 모임을 정리했다. 엄마 모임의 멤버들은 5~6명 정도였는데, 자주 함께 점심을 먹거나 아이들과 함께 집에 놀러 가기도 했다.

그리고 나도 그것을 꽤 즐겁게 생각하는 줄 알았다.

그런데 이번에 인간관계를 정리해 보니, 그것이 내게 스트레스였음을 깨달았다. 나는 그 멤버 모두를 '엄마 모임 상자'에 넣고, '엄마 모임의 멤버들은 자주 만나니까 사이좋게 지내지 않으면 안 된다.'라고 규칙을 만들었다. 어째서 그런 규칙을 만들었는지 생각해 보니 '아이를 위해서'였다. 하지만 그들을 '엄마 모임 상자'에서 꺼냈을 때, '함께하고 싶은 상자'에 넣고 싶은 사람은 단 한 명뿐이었고, 나머지는 '아무래도 상관없는 상자'였다.

내 속마음에서 엄마 모임은 귀찮은 일이었다. 매일 점심을 같이 먹는 비용도 부담스러웠다. 그래서 아르바이트 시간을 늘리고 점심 식사와 모임을 서서히 줄여 나갔다. 다들 내가 바빠졌다고 생각했고 자연스럽게 모임과도 거리가 생겼다. 그리고 내가 엄마 모임과 어울리지 않더라도 아이에게는 전혀 상관이 없었다. 지금은 정말 마음이 편하다.

그 밖에 '함께하고 싶은 상자'에는 아르바이트 일터에서 사이가 좋은 사람이 들어갔고, '이유 없이 끌리는 상자'에는 가족, 학창 시절의 친구가 들어갔다. 앞으로는 그 사람들과의 관계를 소중히 하고 싶다.

Chapter
4

# '새로운 상자'가 만드는 스트레스 없는 인간관계

# 분류하면 보이는
# 의외의 감정

## 진심을 보지 않으려 했을 뿐

인간관계를 분류하면 예전에는 스스로 눈치채지 못했던 '진짜 감정'이 보인다. 예를 들어 정말 사이좋은 친구가 있고, 지금까지는 '친밀한 관계'의 상자에 넣고 있었다고 해 보자. 그런데 새롭게 분류하고 보니, 사실은 상대를 좋아하지 않았고, 자신에게 중요하지 않은 존재임을 알게 될 때도 있다. 지금까지는 '친밀한 관계'의 상자에 있었기 때문에 그 관계를 유지해 왔을 뿐이고, 자신의 진짜 감정은 그 사람을 거부하고 있었다. 아마도 그래서 그 사람과의 만남이 힘들었을 것이다.

상자에서 꺼내는 행위는 상대를 어떻게 생각하는지에 대한 자신의 순수한 마음을 깨닫는 행위이다. 상자에서 꺼내어 분류하면 자신의 진실이 보인다.


## 정리의 진짜 목적은 정말 중요한 사람을 알게 되는 것

특히 지금까지 여러 형태로 자신을 억누르고 살아왔다면 이런 정리 작업이 굉장히 힘들 수도 있다. 보고 싶지 않은 부분을 보고, 건드리고 싶지 않은 부분을 건드리는 체험을 하게 될지도 모른다. '저 손님은 싫지만, 물건을 많이 사 주니까 좋아한다고 생각했을 뿐이다.', 혹은 '내 진급과 직장생활을 쥐고 있는 상사이니까 중요하게 생각했지만, 사실은 아무래도 상관없는 사람이었다.' 등과 같이 지금까지 직시하지 못했던 감정도 점점 나타난다.

하지만 분류 작업의 진정한 목적은 '싫은 사람'이나 '불편한 사람'을 찾기 위해서가 아니라, 자신에게 정말 소중한 사람을 확인하기 위해서이다. 정말 중요한 사람을 소중하게 대하기 위해 인간관계를 정리하자는 뜻이다.

누구에게나 인생의 시간은 유한하다. 한정된 시간이기에 소중한 사람들과 함께 보내는 데 쓰는 것이 반드시 좋다. 그러므로 자신에게 아무래도 상관없는 사람, 스트레스를 받게 하는 사람, 함께하고 싶지 않은 불편한 사람을 객관적으로 보려는 태도는 중요하다. 이는 진정으로 마음 편한 인간관계를 선택하는 데 있어서 피할 수 없는 작업이다. 용기를 내어 실행에 옮기도록 하자.

## 자신도 상자에 들어 있다

앞에서 우리가 얼마나 많은 사람을 인간관계의 상자에 넣고 있는지에 관해서 이야기했지만, 사실 우리는 우리 자신도 '상자'에 넣고 있다.

'연인의 상자'가 있다고 해 보자. 그러면 상대(연인)도 '연인의 상자'에 들어 있고, 자신 또한 '상대의 연인'으로서 같은 상자에 들어 있다. 결혼해서는 '아내', '남편'이라는 상자에 자신을 넣고, 아이가 생기면 '엄마', '아빠'라는 상자에 자신을 넣는다. 또, 손자가 생기면 '할머니', '할아버지'라는 상자에 자신을 넣는다. 사회에 나오면 '사회인' 이라는 상자에 넣고, 취직하면 '회사원'이라는 상자에 넣고, 진급하면 '과장', '부장'이라는 상자에 자신을 넣는다. 다른 사람만이 아니라, 나 자신도 상자에 분류해서 넣고 있다.

그리고 무의식중에 자신이 들어간 상자에 맞춰 자신을 스스로 구속하며 '이런 사람이 되어야 해.' 또는 '상식적으로 행동해야 해.'라고 제한하고 있을 가능성이 있다. 인생이 힘들고 괴로울 때나 고민이 있을 때는 어쩌면 그 이유가 자신을 특정 상자 안에 넣었기 때문일지도 모른다. 자신이 어떤 상자에 들어 있는지 객관적으로 생각할 수 있다면 고민과 괴로움에서 벗어나는 계기가 될 수 있다.

## 2 가까운 사람들 사이에서 변화하는 마음의 거리

## 가까운 사람들을 분류하면서 알게 된 것

내 인간관계를 되돌아볼 때, 가장 갈등했던 순간은 아내와 자식을 분류할 때였다. 아내를 '아내의 상자'에서 꺼내고 딸을 '딸의 상자'에서 꺼냈을 때 굉장한 죄책감이 들었고, '그들이 이것을 알게 되면 상처받지 않을까?' 하는 생각이 머릿속에 떠올랐다. 아내도 딸도 내게는 둘도 없는 존재이다. 그만큼 소중한 관계이기 때문에 더욱 굳은 마음으로 아내를 '결혼의 상자', '아내의 상자'에서 꺼냈다. 그리고 딸도 '딸의 상자'에서 꺼냈다.

그렇게 하니 지금까지의 '아내'와 '자식'이라는 관계성이 사라지고, 단순히 '함께 있고 싶은 사람'으로 바뀌었다. 함께 즐거운 시간을 보내고 싶은 사람이 된 것이다. 그냥 '좋아하는 사람'이라고 말해도 좋겠다. 아내와 자식이라는 관계가 아니라, 이들이 내가 좋아하고 순수하게 함께 있고 싶은 사람들이라는 '진짜 마음'을 깨달았다. 그렇게 분류했기 때문에 더욱 소중해질 수 있었다.

아내를 '결혼'과 '아내'의 상자에 넣었을 때, 나는 그 상자에 '일생을 함께 보내지 않으면 안 된다.'라는 규칙을 붙였다. '한번 결혼한 이상 일생을 함께 보내야 한다.'라고 마음대로 정했다. 그래서 아내를 '결혼'과 '아내'라는 상자에서 꺼내는 순간, 극단적으로 말해서, 어쩌면 내일이라도 무슨 일이 생기면 헤어질 수도 있겠다는 생각이 머리에 스쳤다.

하지만 결과적으로 아내도 딸아이도 지금까지 알고 지낸 누구보다도 소중하게 느껴졌다. '함께 있다는 사실이 당연하지만은 않다.'라는 인식을 갖고 나니 좋은 의미에서 긴장감이 생겨났다. 내가 어떻게 하느냐에 따라 이 사람들은 내 곁에 영원히 있을 수도, 없어질 수도 있다는 사실을 깨달았기 때문이다.

'결혼 상대이므로 함께 있다는 사실이 당연하다.', '자식이므로 함께 있다는 사실이 당연하다.'라고 생각한다면 그 관계에 익숙해져 교만해질 가능성이 있다. 또, '함께 있다는 사실이 당연하다.'라는 생각 때문에 힘든 상황을 무의식적으로 혼자 참을 때가 생길 수 있다. 이는 자신을 궁지에 몰고 힘들게 만들 수도 있다.

## 처음으로 부모님을 한 사람의 인간으로 봤다

이는 부모님에 대해서도 마찬가지였다. 나는 부모님을 분류하면서 부모님을 한 사람의 인간으로서 볼 수 있게 되었다. 그리고 '부모이니까 당연히 ○○을 해 줘야 한다.'라는 생각이 사라지고, 오히려 감사할 수 있게 되었다. '부모인데 ○○을 해 주지 않았다.'라는 생각도 없어졌고, 지금껏 품어 왔던 불만의 응어리도 사라졌다.

많은 사람이 공통적으로 '부모님을 소중하게 생각하자.'라고 인식하고 있으며, 실제로 효도하며 살아가는 사람도 많다. 하지만 '부모님이기 때문에 소중하게 여기는

지'와 '내게 중요한 사람이기 때문에 소중하게 여기는지'
와는 큰 차이가 있다. 어떤 쪽이 더 순수한 생각으로 행
동하는 것인지가 중요하다. 부모님과 온천 여행을 간다
고 할 때, '효도하지 않으면 안 되니까.'라는 생각과 '소중
한 사람이니까 기쁘게 해 주고 싶어서.'라는 생각 두 가
지 중 어떤 쪽일까? 그것도 일단 상자에서 꺼내서 새롭
게 분류해 보면 알 수 있다.

# '내 기준'으로 살아가기

## 겨우 회식을 거절할 수 있게 되다

이번에는 '상자 이론'의 응용법에 관해 이야기해 보자. '상자 이론'을 사용하면서 내 인간관계는 크게 바뀌었다. 이전까지의 나는 하기 싫다는 생각이 들어도 다른 사람의 표정을 살피며 고분고분 따르는 사람이었다. 하지만 '상자 이론'을 사용하면서 내 의지를 표현할 수 있게 되었고, 그 결과 상대도 '이 사람은 이런 사람이다.'라고 나를 이해할 수 있게 되었다. 그리고 나를 존중하며 대하게 되었다.

예를 들어 보자면, 과거의 나는 회식을 거절하지 못했

다. 하지만 나는 술도 잘 못하고 술자리에서 모두와 이야기해야 하는 상황도 정말 힘들어했다. 그래도 '모두가 즐거운 분위기를 망치면 안 된다.'라고 생각해서 억지로 웃으며 분위기를 맞췄다. 하나도 즐겁지 않으면서 즐거운 척했고, 술자리가 끝나면 지쳐 늘어졌다.

'상자 이론'을 사용한 다음부터는 '내게 이 사람들은 어떤 관계일까?', '내게 회식자리는 어떤 의미일까?' 등과 같이 '나를 기준으로' 생각하기 시작했다. 그 결과 나는 '사람을 만나는 술자리를 싫어한다는 사실'을 깨달을 수 있었다. 그러고 나니 술자리에서 보내는 시간보다 취미를 즐기며 보내는 시간이나 가족과 지내는 시간이 내 인생에서 압도적으로 중요하다는 점이 확실해졌다.

그러자 점점 주변 사람들도 자연스럽게 '이 사람은 취미와 가족을 소중히 하는 사람이니까 술자리는 우선순위가 아니다.'라고 인식하고 이를 존중해 줬다. 술자리를 권유받는 빈도도 줄어들었고, 권유할 때도 "이런 자리가 힘들겠지만, 이번 모임에는 이런 의미가 있으니까 좋을 거로 생각해요."라며 내가 마음 편하게 선택할 수 있도록 이야기해 줬다.

## '좋아하고 재미있는 일'만 할 수 있다

일에서도 그때까지의 나는 의뢰받은 일을 전혀 거절하지 못했다. 아무리 마음에 들지 않는 조건이라도 부탁받으면 "알겠습니다."라며 전부 받아들였다. 상대를 신경 쓰고, 상대가 무슨 생각을 하는지 항상 살폈다.

그뿐만 아니라, 부탁하지 않았을 때조차도 스스로 하고 싶지 않은 일을 앞장서서 "이런 고민이 있으시군요. 제가 해결해 드리겠습니다."라며 적극적으로 제안한 적도 있다. '이렇게 하면 상대가 편할 거야. 부담이 적어질 거야. 기뻐할 거야.'라는 관점이 어떤 일을 할 때의 출발점이었다. 당연히 상대는 "잘 아시네요. 그럼 부탁드립니다."라며 고마워했다.

하지만 그 일들은 '내가 하고 싶은 일'이 아니었다. 그래서 억지로 하긴 했지만, 아주 힘들었다. 내 좋고 싫음이 판단 기준이 아니었기 때문이다.

'상자 이론'을 사용한 다음부터는 내가 좋아하고 하고 싶은 일, 그리고 가장 잘하는 일을 어필할 수 있게 되었다. 또, 힘들다는 표현도 할 수 있었다. 이제 나는 내가 좋아하고 흥미 있고 잘하는 일만 한다. 내가 힘들어하는 일은 상대가 먼저 '이분은 이 일을 힘들어하니까 기대할 수 없다.'라고 생각하기 때문에 당연히 이야기하지도 않는다.

흥미로운 사실은 내가 할 수 없는 일과 힘든 일을 자연스럽게 주변에서 도와준다는 점이다. "이런 작업을 힘들어하는군요. 그러면 제가 할게요."라고 이야기해 준다.

# 캐릭터를 성공적으로 바꾸는 열쇠

## 세미나 시간에 국숫집에 있었다

인간관계 정리에서 더 나아가 '나만의 캐릭터를 설정'함으로써 더욱 자유로워질 수 있다는 사실을 알았다.

예를 들어 나는 지각할 때가 가끔 있다. 아무리 노력해도 약속 시간에 늦는다. 중요한 미팅인데도 1~2시간 정도 늦은 적도 있다. 한번은 아주 중요한 프로젝트에 지각해서 상대 책임자를 화나게 했고, 결국 그 프로젝트가 취소된 일도 있었다. 노력해도 나아지지 않았다. 원래부터 시간 개념이 결여된 성격이기 때문이다.

어느 날에는 식당에서 메밀국수를 먹고 있는데 전화

가 걸려 왔다. 전화기 너머에서 굉장히 다급하게 "지금 어디세요?"라고 물어보는 목소리가 들려왔다. 세미나장의 관리자였다.

"지금 세미나 수강생분들이 많이 와 계시는데…"

"헉!?"

그날에는 예정된 세미나가 있었다. 그런데 시간은커녕 날짜조차 까맣게 잊고 있었다. 비슷한 일이 한두 번 있었던 것이 아니다. 세미나는 몇 시간이라도 할 수 있을 정도로 좋아하는 일이고, 하고 싶은 일이다. 심지어 전날까지 계속 기대하고 있었는데도 막상 당일이 되니까 잊어버렸다.


## 모자란 부분이 사랑받을 수 있는 캐릭터로

언제부턴가 나는 이런 에피소드를 적극적으로 주변에 이야기하고 SNS에도 어필했다. 그러다 보니 어느덧 '시간 개념이 전혀 없는 캐릭터'가 정착해 버렸다. 심지어 이런 캐릭터를 사람들이 좋아해 주기까지 한다.

어느 날에는 내가 지각했던 세미나에 참가했던 분과 대화를 나눠 봤는데, 다음과 같은 이야기를 들은 적도 있다.

"본인이 진행하는 세미나에 한참 늦게 와 놓고, 사과 한마디 없이 천연덕스러운 얼굴로 세미나를 시작해서 충격받았어요. 그런데 그 모습을 보고 밉다기보다는 괴짜 같아 보여서 팬이 되어 버렸다니까요."

'캐릭터'가 되면 사회의 상식과 가치관에서 벗어나더라도 받아들여지는 일이 생각 외로 많다.


## 타인의 눈을 의식하지 않으면 자유로워진다

지금은 약속이 있으면 그쪽에서 미리 확인 연락이 온다. 사전에 연락이 오지 않으면 "오늘은 미리 확인 연락을 드리지 않아서 미안합니다."라고 사과하는 사람마저 있다.

물론 그렇다고 해서 내가 지각해 놓고 오히려 뻔뻔하게 군다는 말은 아니다. 인간관계를 정리하고 다른 사람의 눈을 의식하지 않고 자유롭게 행동한 결과, '이 사람은 이런 사람이다.'라고 주변 사람들이 받아들여 줬다는 내용이다. 이렇게 '상자 이론'을 사용하면 다른 사람에게 휘둘리지 않고 타인에게 인생을 침해받지 않을 수 있다.

어중간하게 기대에 부응하려고 하면 상대는 더욱 기대하게 된다. 이에 응하지 않으면 상대는 실망하고, 원하던 대로 되지 않아서 화를 내기도 한다. 사회의 상식에 맞추면 맞출수록 거기서 벗어날 수 없게 되어 괴로워진다. 이제는 이런 구속에서 해방되어 보길 바란다. '상자 이론'으로 인간관계를 정리하면 정리할수록 인생은 점점 자유로워질 것이다.

# 5 인생에서 풍요로운 인간관계를 맺는다는 것

## 좋은 점에 주목하면 그것이 전면에 나온다

불쾌한 사람이나 자신에게 위협이 되는 사람도 상자 이론으로 쉽게 해결할 수 있다. 나는 '불쾌한 사람', '내 인생에 위협이 되는 사람'을 일단 '아무래도 상관없는 상자'에 넣고 거리를 두면서 아주 편해졌다. 그다음에 머릿속으로 그 사람들을 '아주 먼 사람'이라고 설정했다. 물론 물리적으로도 그 사람에게 먼저 다가가지 않는다.

그렇게 하니 점점 그 사람의 위협적인 느낌이 사라졌다. 이전까지 내 마음속에는 '이 사람은 나를 힘들게 하고 해를 끼친다.'라는 이미지가 있었지만, 그 작업을 하고 나서는 '이 사람은 내게 해를 끼칠 수 없다.'라는 생각으로 바뀌었다.

그리고 상대의 좋은 면이 보이기 시작했다. 흥미로운 사실은 상대의 좋은 부분, 훌륭한 점을 보면 볼수록 상대가 더욱 멋진 면모를 보인다는 점이다. 그렇게 되면 설령 평판이 안 좋고 습관이 나쁜 사람이라고 해도 내 앞에서는 나쁜 부분을 내보이지 않는다. 좋은 사람이 되는 것이다. '그 사람은 조심해야 해.'라고 평가받는 사람도 내게는 좋은 면밖에 보여 주지 않기 때문에 '아주 좋은 사람'이 된다.

이것이야말로 '상자의 마법'이다. 이쪽에서 상대를 어떻게 보고 있는지, 어떤 상자에 넣고 있는지에 따라 상대의 반응도 바뀐다.

## 문제가 있는 집단을 유능하게 바꾸는 '상자 이론'

나는 이 '상자 이론'을 인재 관리에도 응용하고 있다. 예를 들어 상대를 '유능한 사람'이라는 상자에 넣고, 그런 관점으로 보면 점점 유능해진다. 유능한 면을 끌어낸다고 표현하면 더 좋을지도 모르겠다. 이와 반대로, '문제가 있다.'라는 관점에서 보면 그 사람은 점점 문제가 많아진다.

이는 어떤 회사 조직을 보면서 깨달은 점이다. 그 회사에는 아주 우수한 사람만 모인 팀이 있는 반면, 실수가 잦고 문제가 있는 팀도 있었다. 문제가 있는 팀에서는 상사가 항상 "너희들은 그러니까 안 되는 거야."라고 화를 냈다. 상사는 부하직원들을 처음부터 문제아처럼 취급했고, 문제아 취급을 받은 사람들은 점점 더 실수를 많이 했다.

이와 반대로, 우수한 팀 리더는 조직원들을 엄청나게 칭찬했다. "정말 좋은 직원이 많아. 나는 일을 정말 못하는데 다른 직원들이 다 도와주고 있어."라고 항상 이야기했다. "모두 최고의 직원이야."라고 입버릇처럼 말하니, 정말 부하직원들의 장점들을 끌어내게 되었다. 이것을 보고 나는 '그렇구나. 사람은 어떤 상자에 넣는가에 따라 크게 달라지는구나.'라고 깨달았다.

상대를 '우수하다.'라는 전제에서 보면, 처음부터 '이 사람의 좋은 점은 이것이다.'라는 관점으로 볼 수 있다. 그러면 연이어서 '이 사람은 이런 점이 있다.', '이런 매력이 있다.'라고 상대의 장점을 점점 더 많이 찾을 수 있다.

'이 사람은 주변 사람들을 잘 챙겨주는 점이 훌륭하다.'

'이 사람은 무엇을 부탁해도 반응이 빠르고 바로 행동한다.'

이런 시선으로 보기만 해도 상대는 더욱더 남을 배려하고, 행동이 빨라지고, 관계성도 점점 좋아진다.


## 자신의 본모습, 자유로운 모습으로 살자

이처럼 인간관계가 정리되면 될수록 우리는 자유로워지며, 인간관계에서 불필요하게 소모되는 에너지도 사라진다.

재미있게도 내가 자유롭게 살면 오랫동안 만남을 지속했든 처음 만났든 간에 모든 주변 사람이 내게 맞춰 준다. 나 또한 나 자신을 기준으로 상대를 대할 수 있게 된다. 주변에서 '이 사람은 자유로운 사람이구나.'라고 생각하게 되면, 사람들은 그들의 상식과 틀을 적용하지 않는다. 더는 인간관계로 힘들 필요가 없어지는 것이다. 그러므로 인간관계 정리는 꼭 필요하다.

그렇다고 해도 '복잡한 인간관계가 잘 정리될 수 있을지 불안하다.'라는 걱정, 혹은 '이런 상황은 어떻게 하면 좋을지 모르겠다.'라는 의문이 있으리라고 생각한다. 다음 챕터에서는 실제 사례를 바탕으로 이야기해 보려고 한다.

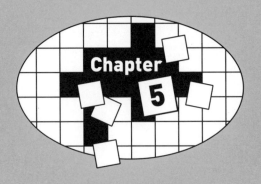
Chapter 5

사례로 알아보는
'상자 이론'
적용하기

# 인간관계 정리에 관해
# 더 깊게 이해하기

인간관계를 정리하는 중에 '이런 상황은 어떻게 하면 좋을까?', '이렇게 해도 괜찮을까?' 등과 같은 의문이 생길 수 있다. 그래서 이번 챕터에서는 인간관계 정리에 관해 더 깊게 이해할 수 있도록 구체적인 사례를 통해 설명해 보겠다. 내 경험을 예로 들어서 의리적인 관계와 사회적인 관계, 일 관계, 친구와 모임, 자식, 가족, 연인, 특별한 관계에 대해 "이럴 때는 이렇게 하면 좋다."라고 제안해 보고자 한다.

# 2 자신에 관해

**우선은 자신** 자기만 생각해도 된다

이는 '인간관계 정리'를 하는 데 핵심이라고 해도 좋을 만큼 기본적인 사고방식이다.

사람은 누구나 자기만 생각한다. 물론 "나는 항상 다른 사람을 먼저 생각한다."라고 하는 사람도 있다. 하지만 자세히 생각해 보면 다른 사람을 생각할 때도 자기에게 일어나는 일과 관련지어 생각하고, 세계정세에 대해 고민한다고 해도, 혹은 뉴스를 본다고 해도 자신과 어떤 관계가 있는지의 관점으로 본다. 자기만 생각하며 사는 삶은 우리 인간의 공통적인 특징이다.

모두가 똑같이 평등하게 자기만을 생각하고 있으므로 나도 당당하게 나 자신만 생각하면 된다. 이에 관해 누군가가 "그렇게 자기만 생각해서는 안 된다."라거나 "이기적인 행동이다."라고 말한다면, 이는 상대에게 자신의 우위성을 주장하려는 의도에 불과하다. '당신은 나를 더 배려해야 한다.', 혹은 '나를 더 중요하게 생각해야 한다.'가 그 사람의 속마음인 것이다. 상대에게 자신이 말하는 바를 강요하기 위한 수단으로 그렇게 말할 뿐이다. 그러므로 이에 동조할 필요는 전혀 없다.

## **본래의 자신** 내 부정적인 모습을 거부한다면 멀어질 뿐

인간관계를 정리하는 목적은 자신의 본래 모습을 내보이며 자유롭고 편하게 살기 위해서다. 자신의 본모습, 자유로운 모습으로 산다는 말은 자신의 부정적인 면도 보여줄 수 있다는 뜻이다.

아무리 자유롭게 산다고 해도 부정적인 모습까지 보여주면 다른 사람들에게 미움받지 않을까 불안한 사람이 있을지도 모른다. 하지만 부정적인 부분을 봤다고 해서 멀어질 사람이라면 처음부터 함께할 수 있는 사람이 아니다. 그런 사람과는 인연이 아니었는데도 내가 상대를 배려해서 부정적인 부분을 보여주지 않으려고 노력했기 때문에 관계가 이어졌을 뿐이다.

그런 관계는 오히려 정리하는 편이 낫다. 자연스러운 자신으로 만날 수 없는 사람은 얼른 '아무래도 상관없는 상자'에 넣고, 그 사람과 마음의 거리를 멀리하도록 하자.

# 3 의리적인 관계와 사회적인 관계

## 의리적인 관계 뭔가를 억지로 할 필요 없다

인생의 시간을 불필요하게 사용하며 스트레스를 받는 이유 중 하나가 '의리적인 관계'이다.

연하장도 그중 한 가지라 할 수 있다. '아무래도 상관없는 사람'에게 매년 연하장을 받고, 답장하지 않으면 실례라고 생각해서 억지로 보내는 사람이 많다. 연하장은 당연히 쓰지 않아도 된다.

나는 먼저 쓰는 것은 둘째 치고, 받아도 답장을 보내지 않는다. 예전에는 열심히 써서 보냈고, 내가 먼저 보내지 않은 사람에게서 연하장이 오기라도 하면 서둘러 답장을 보냈다. 하지만 '인간관계 정리'를 한 다음부터는 전혀 쓰고 있지 않다. 먼저 쓰지도 않고 답장도 보내지 않다 보니 점점 오는 연하장도 없어졌다. '이 사람은 연하장을 쓰지 않는 사람', '연하장에 답하지 않는 사람'이라고 생각하고 기대하지 않게 되었기 때문이다. 하지만 연하장이 오지 않는다고 불편할 일은 없어서 앞으로도 이 방식을 유지할 생각이다.

인터넷과 같은 통신 기술이 발달하기 이전 시대에는 편지와 연하장 등으로 서로의 근황을 확인하는 데 의의가 있었을 테고, 한정된 사람들과 만났기 때문에 큰 부담이 되지 않았을 것이다. 하지만 지금은 SNS의 발달로 우리가 관리할 수 있는 인간관계의 용량을 크게 넘어설 만큼 의리적인 인연이 늘어났다. 어느 부분에서 선 긋기를 하지 않으면 괴로워질 수 있다.

어쨌든 의리밖에 없는 '아무래도 상관없는 사람'에게 쓰는 시간을 줄이는 일은 아주 중요하다.

## **사회적인 관계** 매너와 상식은 절대적이지 않다

'문자를 보내면 바로 답장하는 것이 상식이다.'

'상사와 마주치면 먼저 인사해야 한다.'

이와 같이 사람은 여러 가지 매너와 상식에 묶여서 살고 있다. 그것이 때때로 사람을 힘들게 할 때가 있다. 하지만 매너와 상식도 절대적이지는 않다. 나는 시스템 엔지니어 시절에 여러 회사에 다니며 일했다. 그러면서 알게 된 놀라운 사실은 회사에 따라 상식과 비즈니스 매너가 완전히 달랐다는 점이다.

어떤 회사에서는 업무와 관련한 내용을 말로 주고 받으면 반드시 나중에 문자로 보내야 하는 문화가 있었다. 나는 그것을 몰라서 문자를 보내지 않았고, 나중에 이를 상사에게 지적받았다. 이후 다른 직원에게 그렇게 하는 이유를 물어보니, 그 사람은 놀란 표정으로 옆에 있는 다른 젊은 직원에게 "이 사람은 그런 것도 모른대. 그건 상식 아니야?"라고 동의를 구했다. 젊은 직원은 "그렇죠."라고 동의했다. 여러 회사에 다녀 봤지만 그런 '상식'은 처음 봤다.

'이건 당연히 알아야 하는 거야.', '이건 상식이야.'라고
생각하는 행동 중에는 때때로 그곳에서만 사용하는 '그
들만의 방식(Local Rule)'도 많이 있다. 반드시 옳다고도
할 수 없는 '그들만의 방식'에 꼭 맞춰 줄 필요는 없다. 그
리고 그런 '그들만의 방식'에 맞추지 못하는 자신을 책망
할 필요는 더욱 없다.

## 타인을 위한 노력 무엇을 위해 노력하는지 생각한다

상대를 기쁘게 또는 기분 좋게 하려는 생각에 사로잡혀
서 그렇게 하지 않으면 안 된다는 행동 원칙을 만드는 사
람이 있다. 다른 사람을 기쁘게 하는 일 자체는 아주 좋
은 의도이지만, '상대를 위해' 한다는 점에 강박관념이 생
겨서 결과적으로 상대의 안색을 지나치게 살필 때가 많
다. 이러면 상대가 기분이 좋을 때는 안심할 수 있지만,
기분이 나빠 보이면 전전긍긍하며 상대에게 신경을 쓰게
된다. 자신이 괴로워지면 의미가 없는데도 말이다.

하지만 나도 예전에는 상대를 기쁘게 하고 싶다는 마

음이 강한 사람이었다. 상대에게 미움받고 싶지 않다는 생각이 아주 강했다. 학창 시절에는 좋은 성적을 내서 부모님을 기쁘게 하고 싶었고, 사회에 나와서는 '고객을 기쁘게 하고 싶다.', '고객에게 도움이 되고 싶다.', '고객의 삶을 나아지게 하고 싶다.'라는 생각으로 일했다.

하지만 인간관계를 제로로 리셋했을 때 깨달았다. 나는 상대가 기쁜지 어떤지에 관해 사실은 흥미가 없었다. 상대를 기쁘게 하지 않으면 안 된다는 생각은 그저 내 생존 전략에 지나지 않았다. 상대가 기쁘다는 사실이 내게 안심을 줬고, 이는 마음에 안전한 공간을 얻기 위한 조건이었을 뿐이었다. 사실은 상대가 어떻든지 간에 상관없었다.

그 증거로, 일하는 동안 정말 고객의 행복을 생각했다면 어떤 상품과 서비스를 판매한 다음, 그 고객이 어떻게 되었는지 추적했어야 했다. 하지만 나는 한 번도 그런 적 없었다. 사실은 돈을 주는 사람이었기 때문에 신경을 썼을 뿐이고, '다른 사람에게 마음을 쓰는 사람이 멋진 사람'이라는 사고방식 때문에 그랬을 뿐이다.

이런 생각으로 시작한 일 중 하나가 바로 이 책의 프

롤로그에서 소개했던 세미나에서 하는 인사말이다. 눈앞에 앉아 있는 수강자들에게 "저는 여러분께 1도 관심이 없습니다."라고 선언하는 것이다. 그렇게 하면서 상대가 기뻐하는지 아닌지의 반응 여부와는 별개로, 내가 그들에게 제공하는 내용을 객관적인 시각으로 볼 수 있게 되었다.

그러자 재미있게도 수강자들도 바뀌기 시작했다. 지금까지는 많은 수강자가 내 앞에서 일부러 '즐거운 듯한 어필'을 하거나, 반대로 '상처받는 듯한 어필'을 할 때가 있었다. 하지만 내가 그런 행동에 전혀 반응하지 않으니, 수강자들 또한 세미나에서 자기가 원하는 결과와 목표에 집중하게 되었다. 그 덕분에 서로 솔직한 의사소통이 가능해졌고, 세미나에 대한 만족도가 올라갔다.

## 괴롭히는 사람' 나를 공격한다는 생각을 버린다

괴롭힘은 아주 어려운 문제이지만, '상자 이론'이 도움이
될 수도 있다.

나도 초등학교 5~6학년 정도부터 중학교 3학년 정도
까지 괴롭힘을 당했던 적이 있다. 얻어맞고 발에 차이는
일이 일상이었고, 의자에 압정이 놓여 있거나, 물건도 뺏
겼고, 이 책에 차마 담을 수 없을 만큼 심한 일도 많이 당
했다. 매일 발에 차이다 보니 학교에서 돌아올 때면 발자
국 때문에 검은 교복이 하얗게 변해 있을 정도였다. 학교
선생님도 도와주지 않았고, 어떨 때는 "괴롭힘을 당하는
네가 나쁜 거야."라는 식으로 이야기하기도 했다. 굉장히
힘든 상황이었기 때문에 어째서 내가 이런 꼴을 당해야
하는지 계속 고민했고, 괴롭힌 상대를 늘 마음속으로 욕
하고 미워했다.

고등학교에 들어갔을 때는 이 상황을 어떻게든 해결
하고 싶었다. 그래서 먼저 관찰을 시작했다. '괴롭힘을 당
하는 사람과 괴롭힘을 당하지 않는 사람의 차이는 무엇
일까?' 처음에는 힘이 약하고 싸움을 못하는 사람이 괴

롭힘을 당한다고 생각했지만, 그렇지도 않았다. 몸이 작고 마른 체형이라도 괴롭힘을 당하지 않는 아이가 있었고, 이와 반대로 몸집이 커도 괴롭힘을 당하는 아이가 있었다.

관찰을 계속하는 중에 누군가가 손을 들어 올리는 순간 그걸 보고 내가 움찔거린다는 사실을 깨달았다. 누군가가 손을 들어 올리거나, 발을 들어 올리거나, 조금만 움직여도 '나를 괴롭히려는 행동은 아닐까?'라는 생각에 반사적으로 움찔거렸다.

생각해 보면 당시 나는 같은 반 학생 모두를 '나를 공격하는 사람', 즉 커다란 '괴롭힘의 상자'에 넣고 있었다. 이는 앞에서 이야기한 내용과 비슷한 효과이다. 상대를 '괴롭힘의 상자'에 넣으면 그는 정말 나를 괴롭힌다. 내가 겁먹은 태도로 있으면 점점 상대의 나쁜 점이 나를 향하기 시작한다는 사실을 깨달았다.

물론 모두가 그렇게 하지는 않는다. 그중에서 '남을 괴롭히는 성향'을 지닌 인간만이 그렇게 한다. 그 나쁜 성향이 다른 모든 사람을 공격하지는 않지만, 하필 나를 타깃으로 삼은 것이다.

그래서 일단 상대를 '괴롭힘의 상자'에서 꺼내고, '그 냥 사람 상자'에 넣었다. 넣는 상자를 바꾼 것이다. 갑자기 상자를 바꾸는 일은 쉽지 않았지만, 여러 번 시도하면서 서서히 할 수 있게 되었다.

하지만 상자를 바꾸기만 해서는 충분하지 않았다. 이와 동시에 내 몸이 반사적으로 긴장하지 않도록 할 필요가 있었다. 이전까지는 상대가 가까이 있기만 해도 '내게 뭔가 하려고 한다.'라고 생각하고 몸이 움츠러들었다. 그래서 최대한 반응하지 않도록 의식했다. 속으로는 잔뜩 움츠리고 무서웠지만, 밖으로 내색하지 않으려고 노력했다. 이런 노력을 계속하다 보니 어느 순간부터는 점점 반응하지 않게 되었다. 상대를 더는 위협으로 느끼지 않게 된 것이다.

그러자 상대도 나를 괴롭히지 않았다. 내게 공격적인 성향을 표출하지 않게 된 것이다. 신기하게도 '다른 사람이 나를 공격한다.'라는 생각을 버리고, 그들은 '나를 위협하는 사람', '나를 공격하는 사람', '나를 괴롭히는 사람'이 아니라고 생각하면서부터 내가 처한 현실이 변했다.

물론 모든 괴롭힘이 이런 방법으로 해결되지는 않는다. 이는 어디까지나 내가 개인적으로 겪은 일일 뿐이다. 또, 아이가 괴롭힘을 당하는 문제는 어른이나 학교가 먼저 나서서 해결해야 할 일이다. 하지만 어른들의 사회에도 괴롭힘은 존재한다. 그럴 때는 한번 시도해 볼 만한 가치가 있으리라고 생각한다.

**사무적인 관계**

## 4

**고객** '이익'을 얻을 수 있음을 잊지 말자

여러 사람의 이야기를 들으면서 느낀 점이 있다면, 자신
의 이익 관계에 있는 상대에게 느끼는 감정을 호의나 존
경이라고 착각할 때가 아주 많다는 사실이다. 이는 정말
혼동하기 쉽다. 일과 관련한 인간관계의 고민은 대부분
이런 착각에서 시작된다고 해도 과언이 아니다.

그 사람에게서 이익을 얻을 수 있고, 그것이 자신의 생
활에 직결되기 때문에 '아무래도 상관없는 상자'에 넣지
못한다. 만약 상대를 '아무래도 상관없는 상자'로 취급하
면 자신의 생활이 위협받고, 평가가 떨어지고, 이익을 얻

을 수 없을까 봐 불안해진다. 그래서 상대를 중요하게 생각하고, 상대를 좋아한다고 착각하게 되는 것이다.

이해관계가 크면 클수록 자신의 기분과 본심을 제대로 알기가 더 힘들어진다. 이해관계가 있는 상대에게는 '거짓말의 상자'가 보인다. '저 사람은 좋은 사람이다.', '저 사람에게는 신세를 많이 지고 있다.' 등과 같은 에피소드가 연결되어 있기 때문이다. 그 상황에서 벗어날 수 없으므로 자신의 진짜 속마음이 보이지 않는다.

그럴 때는 일단 그 관계를 다시 봐야 한다. 먼저 이미지로서 그 고객을 '아무래도 상관없는 상자'에 넣고 그 상자를 멀리 치워 놓는다. 그러면 자신의 기분을 확실히 알 수 있다. 그 사람이 어떻게 되든 '아무래도 상관없는 사람'이었다는 사실을 깨달았다면, 그 관계로부터 얻을 수 있는 이익만 보도록 하자.

우리는 이익만 얻으면 된다. 그리고 그 이익을 얻기 위한 만큼만 행동하면 된다. 그 행동에 진심이 담겨 있을 필요는 없다. 우리가 원하는 바는 이익이므로 그렇게만 대해도 충분하다.

## **거절하기 힘든 술자리** 목적을 명확하게 생각한다

앞에서 '아무래도 상관없는 상자'의 상대와는 접점을 최소화해야 한다고 이야기했다. 그럴 때 자주 받는 질문이 '술자리를 거절하는 법'이다.

'술자리에 참석하지 않으면 나쁜 평가를 받는다.', '문제가 생겼을 때 책임을 지라고 한다.' 등과 같이 불이익을 받는 상황에서는 술자리를 거절하려고 해도 쉽지 않다. 원래대로라면 술자리에 참석을 강요했을 때 응하지 않았다고 불이익을 주는 일은 위법 행위이다. 하지만 이런 상황이 종종 주변에서 벌어지고 있는 것이 현실이다.

어쩔 수 없이 참석했어도 상사의 지겨운 이야기를 계속 들으며 주변 분위기에 맞춰 기분 좋은 척을 계속하다 보면 심신이 완전히 지치기 마련이다. 나처럼 술을 못 마시는 사람이라면 그 고통은 더욱 크다. 나도 회사원이었기 때문에 그런 분위기는 잘 알고 있다.

일단 이런 상사는 '아무래도 상관없는 상자'에 속하는 사람이다. 이런 상사와 휴일에도 함께 놀러 다니거나 회사를 그만둔 다음에도 만나서 술자리를 함께할 생각은 없을 것이다. 자신과는 완전히 상관없는 사람이기 때문이다. 그러므로 '이 사람에게서는 필요한 이익만 얻는다.'라는 관점에서 그 관계를 봐야 한다. 자신의 이익만을 생각하라는 뜻이다. '아무래도 상관없는 상자'에 넣은 사람에게 진심을 다하지 않거나 마음을 버리는 방법은 앞에서 소개했다.

본심으로는 그 상사가 회사를 그만두면 어떻게 되든 말든 상관없다. 그 상대로부터 얻고 싶은 이익은 '평가'와 '월급', '보너스' 정도이다. '그것이 꼭 필요하다.'라고 확실히 마음을 정했다면 감정과 기분을 넣지 말고 '이 상사와의 관계는 월급을 위한 관계'라고 생각하면 된다.

그렇게 새로운 시선으로 보기 시작하면 설령 술자리에 함께 간다고 해도 진심을 다하지 않은 로봇 같은 느낌으로 상대를 대할 수 있다. 그 사람과의 관계를 위해 필요한 일(이때는 술자리에 참석하는 일)만을 담담한 마음으로 한다고 생각하자.

# 친구 관계와 모임에서의 만남

**5**

---

**친구** 정말 소중한 사람이 누구인지 알 수 있다

---

인간관계를 정리하면 자신이 아는 사람 대부분이 '아무래도 상관없는 상자'에 들어가서 친구가 적어지지는 않을까 봐 불안한 사람도 있을지 모른다. 하지만 사실 친구는 한 명만 있어도 충분하고, 상황에 따라서는 아예 없어도 된다. 가끔 친구가 많다고 자랑하는 사람이 있는데, 그모두가 정말 친구인지, 아니면 '그냥 아는 사람'인지는 알수 없다.

인간관계 정리를 통해 내가 알고 있던 사람 대부분이 '아무래도 상관없는 사람'이 되었다고 해도 괜찮다. 앞에

서도 이야기했지만, '대부분이 아무래도 상관없는 사람'
이라면 오히려 정말 중요한 사람이 누군지 정확히 알 수
있다. 다시 말해, 자신이 정말 중요하게 생각하는 사람들
을 소중히 할 수 있다는 뜻이다.

## 그룹으로의 모임
## 자신이 얻을 수 있는 즐거움만을 추구한다

이벤트나 프로젝트에 참가할 때, 그것 자체는 즐겁고 적
극적으로 임하고 싶지만, '함께 참가하는 사람은 싫은' 상
황이 생길 수 있다. 이는 함께 참가하는 그 사람이 '아무
래도 상관없는 상자'의 사람이라는 뜻이다. '이벤트의 즐
거움'이라는 이익은 원하지만, 그중 어떤 사람과의 관계
는 즐겁지 않은 경우는 충분히 발생할 수 있는 일이다.

그뿐만 아니라, 때로는 그 상황을 혼동할 때도 있다.
함께 즐거운 이벤트에서 같은 그룹이 된 사람을 '함께하
고 싶은 상자'에 넣고 아주 친하게 지냈는데, 사실은 '이
벤트 자체가 즐거웠을 뿐'이고, 그 사람과 함께 있었다고

해서 특별히 더 즐겁지는 않았을 수도 있다.

'함께하고 싶은 사람'은 그런 이벤트나 프로젝트가 아니더라도 '그 사람과 있으면 즐겁다.'라는 생각이 드는 사람을 말한다. 간단히 말해서 카페에서 함께 차만 마시고 있어도 즐거운 사람이라고 할 수 있겠다. 이벤트가 없을 때는 함께 있고 싶지 않다면 '아무래도 상관없는 상자'에 들어갈 사람이다.

이벤트나 프로젝트의 즐거움만이 목적이라는 사실을 깨달으면 상대를 어떻게 대해야 하는지 자연스럽게 보인다. 본심을 밝히지 않고 그 접점만 이어 나가면 된다. 자신이 얻을 수 있는 즐거움만을 추구하는 일은 잘못된 행동이 아니다.

또, 상대를 즐겁게 해 주려고 굳이 노력할 필요는 없다. 다만, 전략적으로 봤을 때 상대가 즐거운 기분이 되어야 이벤트가 즐거워진다면 그렇게 대응하도록 한다. '거짓된 행동을 하면 상대에게 미안하다.'라고 생각하는 사람도 있겠지만, 사실은 그 반대로 생각해야 한다. 전략적으로 상대를 최대한 즐겁게 해 주려는 자세는 좋은 의미에서 내 행동을 그 사람에게 맞춰 주는 일이 된다. 따라서 이는 최대한의 배려라고도 볼 수 있다.

하지만 상대를 전략적으로 즐겁게 만들어 주다 보면 필요 이상으로 친밀감을 느낄 수도 있다. 상대가 나와의 거리가 가까워졌다고 느끼고 호감을 표하는 일이 생길 수 있다. 하지만 '아무래도 상관없는 상자'에 들어 있는 사람의 호의는 그저 '상관없는 것'에 불과하다. 그냥 '나를 좋아하는구나.'라는 정도로만 알고 있으면 된다. 이익을 얻기 위한 부분 이외에는 아무래도 상관없으므로 상대가 나를 좋아한다고 해도 똑같이 마음을 움직일 필요는 없다.

'아무래도 상관없는 사람'이 호의를 보이고 차나 식사를 함께하자고 한다면, 거절하기에 가장 좋은 방법은 앞에서 이야기한 '캐릭터 설정'이다. '원래부터 카페에 안 가는 캐릭터'로 대하는 식이다. 즉, 상황에 가장 적절한 캐릭터를 만들어서 대응하면 된다.

## 자식과
## 가족 관계

## 자식 부모의 의무에서 일단 물러선다

자식을 키우는 사람들로부터 '아이가 다 클 때까지는 하고 싶은 일을 할 수 없다.'라는 고민을 들을 때가 있다. 이런 고민은 '엄마', '아빠'라는 상자가 있고, 그 상자에 연결된 규칙인 '부모로서 해야 할 일' 때문에 생긴다.

그리고 아이를 '자식의 상자'에 넣으면서 생긴 영향도 있다. 그러므로 일단 '자식의 상자'에서 아이를 꺼내야 한다. 그러면 부모로서 자식을 위해 '무엇을 꼭 해야만 한다.'라는 의무감에 사로잡혀 있었음을 깨닫게 된다.

아이에 대한 의무감이 사라지면 아이를 오로지 한 명

의 인간으로 볼 수 있다. 순수하게 한 명의 인간으로서 자식을 봤을 때 드는 느낌. 그 느낌 그대로 새로운 상자에 넣도록 한다. 만약 '아무래도 상관없는 사람'이라는 기분이 든다면 일단 그렇게 한다. 그리고 그 상황을 객관적으로 바라보면 자신의 본심이 보일 것이다.

## 가족 태어나고 자란 가정 환경을 자각한다

모든 인간관계 중에서 인생에 가장 큰 영향을 미치는 관계는 태어나서 자란 가정이다. 부모님과 보호자는 '관계의 상자'라는 형태로 자신에게 분별력이 생기기 이전에 결정된다. 그래서 가장 파악하기 힘든 상자라고 할 수 있다. '가족의 상자'는 가장 영향이 크면서도 자각하기마저 쉽지 않은 까다로운 상자이다. 부모 또한 자기 부모로부터 영향을 받아 왔으며, 그중에는 대대로 이어져 온 규칙이 만들어 낸 역사가 깊은 상자도 있다. 하지만 부모라고 해도 나와는 다른 인간이다. 세대, 성격, 경험, 그 외에도 많은 부분이 다르다.

우리 부모님은 집에서 식사한 후, 차와 커피를 마시며 느긋하게 시간을 보내는 습관이 있다. 그래서 결혼한 지 얼마 안 되었을 때, 저녁을 먹고 본가에서 하던 대로 의자에 앉아서 한숨 돌리고 있는데, 아내가 "왜 그렇게 앉아 있어? 식사가 끝났으면 식탁 정리를 해야지."라고 이야기해서 순간 당황했다. 아내는 식사가 끝났는데 느긋하게 앉아 있는 나를 신기해했다. 나중에 처가에서 식사하면서 식사 이후 당연한 듯이 바로 식탁을 정리하는 모습을 보고 그 차이를 알았다. 무엇이 맞고 틀렸는지가 아니라, 문화와 습관에 차이가 있었다.

지금은 식사가 끝나면 재빠르게 식탁을 정리하고, 정리가 끝나면 함께 앉아서 차를 마시는 식으로 양쪽 집안의 문화를 절충한 새로운 습관을 만들었다. 이것이 내게도 아내에게도 가장 마음이 편한 방식이기 때문이다.

모든 사람에게는 태어나서 자란 환경인 '가족의 상자'가 있다. 그리고 부모님에게는 잘 맞아도 자신에게는 잘 맞지 않는 규칙이 있다. 그러므로 자신, 그리고 자신과 함께 지내는 새로운 사람에게 가장 잘 맞는 독자적인 상자를 만드는 것이 중요하다.

# 연인, 특별한 관계

## 연애 둘만의 유일한 관계를 만든다

앞에서 이야기했듯이 연애에서는 서로를 구속하는 상자
가 많이 생길 수 있다. 누군가를 사귀기 시작하면 '애인',
'여자친구', '남자친구'와 같은 상자에 넣고, '애인에게는
이런 것을 해 줘야 한다.'라는 무의식의 규칙을 연결한다.
이는 사실 나만의 규칙이지만, 그 규칙대로 상대가 하지
않으면 실망하고 원망하기도 한다. 연애가 결혼으로 이
어지면 상대를 '가족', '아내', '남편'이라는 상자에 바꿔
넣게 되고, 그때부터는 표면화된 규칙도 생긴다.

연인과의 관계가 인생에서 가장 중요한 무게를 차지

하면 차지할수록 상대에 대한 기대는 커지고, 그것을 얻지 못했을 때 마음에 받는 상처 또한 커진다. 상대와 서로 다른 규칙이 있다면 관계가 어려워지기도 한다.

소중한 상대일수록 더욱 '상자'를 통해서 보지 않아야 한다. '연인', '남자친구', '여자친구'라는 상자에서 꺼내고 '한 명의 인간'으로서 서로 기분 좋게 지낼 수 있는 규칙과 생활 리듬, 문화를 만들어야 한다.


## 특별한 뭔가를 느끼는 상대
## 무리하게 다가가지 말고 타이밍을 기다린다

아주 마음에 드는 상대가 있는데 상대는 내게 전혀 흥미가 없는 상황이라면, 어떻게 하면 좋을까? '이유 없이 끌리는 상대'라고 해서 반드시 만난 그 순간부터 마음이 맞아 관계가 깊어지지는 않는다. 상대가 내게 흥미를 보이지 않을 수도 있다. 이럴 때는 '지금은 타이밍이 아니다.', 혹은 '조금 더 기다려 보자.'라고 생각해야 한다. 자연스럽게 그런 마음가짐이 생길 수 있는 상대야말로 '이유 없이 끌리는 사람'이다.

'이유 없이 끌리는 상대'는 지금은 그와 이 이상 가까워질 수 없다는 사실을 받아들일 수 있으며, 깔끔하게 멀어질 수 있고, 결단을 서두르지 않으며, 타이밍을 기다릴 수 있는 사람이다. 당장은 구체적인 접점이 없어도 어디선가 인연이 이어진다는 확신이 있다면 지금 바로 무슨 일이 벌어지지 않아도 괜찮다고 마음 놓을 수 있다(만약 그렇지 않다면 일단 다른 상자에 넣는다). 이 점을 분명히 기억하고 있으면 누군가를 '이유 없이 끌리는 상자'에 넣을 때 기준이 될 수 있다.

Chapter
6

인생이
극적으로 바뀌는
'운명적인 관계'

# 1 생각지도 못한 만남이 당신을 기다린다

## 첫눈에 반하면 이혼을 적게 한다?

챕터3에서 '이유 없이 끌리는 상자'에 넣은 상대와는 '함께 뭔가를 만드는 관계'가 된다고 이야기했다. '이유 없이 끌리는 상대'는 그 관계 속에서 어떤 동기화가 일어나는 '운명적 관계의 사람'이기도 하다. 여기서는 운명적인 상대와 어떤 관계를 맺으면 좋을지 생각해 보고자 한다.

미국에서 시행한 한 조사에 따르면, 미국의 평균 이혼율은 보통 50% 정도라고 한다. 그런데 남성이 첫눈에 반해서 결혼하면 이혼율이 20% 이하이며, 여성이 첫눈에 반하면 겨우 10% 이하라고 한다. 즉, 첫눈에 반해서 결혼하면 이혼하지 않을 가능성이 훨씬 높다는 뜻이다.

'첫눈에 반한다.'라는 것은 상대의 인격, 성격, 생활 습관, 취미와 가치관을 알기 전에 호감을 느낀다는 뜻이다. 그야말로 '이유 없이 끌리는 상대'를 말한다. 이런 상대야말로 인생에서 가장 중요한 파트너가 될 수 있다.

우리 회사의 이사를 맡고 있는 여성분의 이야기를 해 보겠다. 그녀가 어떤 남성과 만났는데, 만난 바로 당일에 "저와 결혼을 전제로 만나 주세요."라는 이야기를 들었다고 한다. 처음에는 '이 사람이 무슨 소리를 하는 거지?'라며 당황했지만, 결국은 그의 말대로 사귀게 되었고, 만남을 계속 이어가다가 결혼까지 했다. 그렇게 어느덧 8년이라는 세월이 흘렀고, 귀여운 아이도 태어났다. 그리고 지금도 서로를 응원하는 소중한 파트너로 살고 있다. 그야말로 이런 관계가 '운명적 관계의 사람'이다.

## 상식을 깨는 임팩트가 있는 존재

'이유 없이 끌린다.'라는 것은 상대의 존재 그 자체에 끌린다는 뜻이며 조건이 없다. 이유는 알 수 없어도 가슴이 두근거리거나 느닷없이 설레는 마음이 든다거나 하는 반응이 일어난다. 때로는 그 사람과 대화하다가 갑자기 눈물이 나오거나 감동이 밀려오고, 다른 사람에게는 느낄수 없었던 고양감이 지속되는 등 알 수 없는 일이 일어난다. 왜 그러는지 궁금해지며, 그 이유를 찾기 위해 그 사람과 만나고 싶어진다. "함께 뭔가 하자."라는 말은 핑계에 불과하고, 그 사람과 함께 있는 것 자체가 중요해진다.

이런 상대는 내가 가진 상자를 부술 수 있는 사람이기도 하다. 이전까지 내가 보유한 상식 내에서 상대를 '이런 상자에 넣자.'라고 마음먹어도 그 상자에 담기지 않는다. 상자를 부수는 사람이기 때문이다.

그리고 단지 상자를 부술 뿐만 아니라 새로운 상자를 만들어 내는 사람이기도 하다. 이는 마치 그 사람과 함께 새로운 세계를 창조해 나가는 느낌이라고 할 수 있다. 자신이 '이유 없이 끌리는 상자'에 넣은 사람과 어떤 관계를 만들어 낼 수 있는지 생각해 보자.

## 그 사람과의 사이에서 생기는 뭔가를 즐거움으로

먼저 그 상대와 대화를 나눌 때 느껴지는 감각에 주목해야 한다. 기분이 특별히 즐겁다거나, 때로는 안 맞는다고 느끼는 부분까지 모든 것을 관찰한다.

여기서 핵심은 지금까지의 틀로 보지 않는 것이다. '이유 없이 끌리는 상대는 내 상자를 부수는 사람'이라고 이야기했다. 틀에 맞추지 말고 상대와의 관계에서 어떤 일이 벌어지는지, 그 관계에서 무엇이 생겨나는지를 봐야 한다. 관계를 새롭게 설계한다고 생각하면 된다. '이 사람과는 어떻게 의사소통하면 좋을까?', '어떤 감정이 떠오를까?' 등과 같이 자신에게 스스로 물어 가며 관찰하다 보면 어느 순간 그 사람과의 사이에서 생겨나는 뭔가가 보이게 된다.

그것이 지금 바로 보이지 않더라도 서두를 필요는 없다. 왜 그 사람에게 끌리는지는 그 사람과 관계를 형성해서 동기화해 나갈수록 점점 더 잘 알 수 있게 되기 때문이다.

**자신이 가진 틀에 얽매지 말고**
**상대와의 관계를 설계한다**

# 운명을 현실로 바꾸기 위해 알아야 할 것들

## 용기를 내고 한 발 나아가 꿈을 이룬다

'이유 없이 끌리는 상대'는 함께하며 뭔가를 만들어 내는 '꿈을 이루는 파트너'이기도 하다. 그러다 보니 함께 꿈을 이루고 싶다는 마음이 크면 클수록 관계를 발전시키는데 두려운 감정이 더 많이 들 수도 있다. '내 일방적인 착각이 아닐까?', '내가 다가가면 상대와의 관계가 악화되지는 않을까?', '미움받지 않을까?', '어쩌면 관계가 끊어지지는 않을까?' 등과 같이 여러 가지 불안한 기분이 들 수 있다.

사실 '아무래도 상관없는 상대'라면 미움받아도 전혀

문제가 없다. 하지만 '이유 없이 끌리는 상대'에게는 미움받고 싶지 않다. 그래서 관계를 발전시키려면 용기가 필요하다.

생각해 보면 '끌린다는 사실'은 그 자체만으로 내가 상대에게 다가가야 하는 이유를 알려 주는 아주 중요하고도 간단한 신호이다. 그런 신호를 믿고 '뭔가를 만들기' 위해 한 발 앞으로 나아가 보면 어떨까? 용기를 내어 상대에게 다가가서 새로운 관계를 만들고 발전시킬 수 있도록 노력해야 한다. 그러면 나중에는 왜 그 사람에게 끌렸는지 알 수 있게 된다.

만약 그 노력이 실패한다면, 이유는 3가지를 생각할 수 있다. 첫 번째는 단순히 그 상대가 운명적 관계의 사람이 아니었기 때문이다. 두 번째는 운명적 관계의 사람이었다고 해도 타이밍이 '지금'이 아니었기 때문이다. 그리고 세 번째는 관계를 발전시키기 위한 노력이 어중간해서 상대에게 제대로 전달되지 않았을 가능성이 있다. 무엇이 원인인지 잘 생각하고 관계를 돌아보도록 하자.

## 예감과 직감을 믿고 기다릴 필요도 있다

나도 '운명적 관계의 사람'을 의식하고 나서 좋은 관계를 만든 사람이 여러 명 있다. 그중 한 명은 SNS에서 알게 된 사람이다. 어째서인지 그 사람에게 끌렸지만, 관계를 만들기가 두려워서 친구 신청도 하지 못했다. 그렇게 보낸 시간이 3년이나 된다.

어느 날 왠지 모를 직감으로 친구 신청을 보냈더니, 상대로부터 "놀랐다."라는 답장이 왔다. 그도 내게서 신청이 올 것 같다는 예감이 있었다고 한다. 물론 그때는 형식적인 인사만 했고, 다시 그로부터 3년간 서로 아무 연락도 하지 않았다.

어느 날 이벤트가 생겼을 때, '지금이 타이밍'이라는 생각이 들어 그 사람에게 대화를 걸어 봤다. 그러자 그는 꼭 함께하고 싶다고 흔쾌히 승낙했다. 그 이벤트는 아주 즐거웠다. 그 이후로 '이 타이밍이다.'라는 생각이 들 때마다 그 사람에게 말을 걸었고, 그렇게 뭔가를 함께하는 관계가 이어졌다. 운명적 관계의 사람은 이런 관계이다.

이 책을 만들 때도 그런 경험을 했다.

몇 년 전부터 내 방송을 꾸준히 보고 있던 분이 있었다. 하지만 그분과 직접적인 접점이 생긴 것은 비교적 최근이다. 그분은 나와의 사이에서 '뭔가 생길 듯하다.'라고 생각했지만, 내게 직접 연락하기가 아주 무서웠다고 한다.

그러던 어느 날 이 책에 관한 내용을 방송에서 이야기했더니, 그분이 그와 관련한 이전 방송 내용을 모아 자료로 만들어 줬다. 그리고 나는 그 자료를 보면서 이 책의 내용을 정리할 수 있었다. 즉, 그분과 이 책을 공동으로 만든 셈이다. 그렇게 지나고 보니 역시 그분이 느꼈던 '뭔가 생길 듯하다.'라는 예감이 틀리지 않았음을 깨달았다.

상대와 나 사이에서 무엇이 생겨날지 모를 때는 불안한 마음이 들 수 있다. 하지만 경험을 쌓아 가는 동안 점점 안정감이 생긴다.

## 알맞은 이름을 붙이자

이렇게 이유 없이 끌리는 상대와의 관계가 보이기 시작하면 각각의 관계에 이름을 붙여도 좋다. 나는 '함께 세미나를 만드는 관계', '함께 라이브 방송을 만드는 관계', '함께 가정을 만드는 관계'라고 각각 이름을 붙였다.

하지만 이런 이름이 영원히 변하지 않는 것은 아니다. '상대와 뭔가로 연결되어 있다는 사실'이 가장 중요하기 때문에, 그 '뭔가'는 그때그때의 감각에 따라 변화해도 괜찮다. 상대와의 관계를 보고, 그 순간에 가장 알맞은 이름을 붙이면 된다.

## 3 때를 놓치지 말고 잡아라

## 관계에는 타이밍이 있다

운명적 관계의 사람과는 어느 순간 '지금'이라고 느끼는 타이밍이 있다. 나는 출판편집자들과도 그런 관계를 맺고 있다. 지금까지 여러 출판사에서 여러 권의 책을 냈는데, 그때마다 당연히 편집자들과 밀접하게 연락하며 열심히 작업했다. 하지만 작업이 끝나면 서로 연락하지 않았고, 어떻게 지내는지도 신경 쓰지 않은 채로 특별히 의식하지 않고 지냈다.

그런데 어느 날 '이 타이밍이다.'라고 느낄 때가 있었다. 그래서 연락해 보니 편집자도 "그렇지 않아도 연락드리려고 했습니다."라고 말했다. 물론 상대가 먼저 연락해서 이야기가 진행된 적도 있다. 이런 일은 익숙해지면 익숙해질수록 점점 타이밍이 맞게 된다.


## 지금을 성실하게 살면 때는 반드시 온다

'이유 없이 끌리는 상대'와의 관계성은 타이밍이 가장 중요한 핵심이다. 상대가 신경 쓰인다고 어설프게 다가섰다가 관계가 악화되면 안타까운 일이다. 최악으로는 관계성 자체가 무너져 버릴 때도 있다.

창조적인 뭔가가 생겨날 예감과 징조가 있다고 해도, 그것이 꼭 '지금'이 아니라 '언젠가'가 될지도 모른다. 그러므로 '그 사람과는 뭔가가 있다.'라는 생각이 들어도 서두를 필요 없다. 그 관계에서 어떤 전개가 펼쳐질지 관찰하려는 자세가 필요하다. 몇 년을 기다릴 수도 있고, '평생 뭔가가 있기는 한가?'라고 느낄 만큼 오래 기다릴 수도 있다. 그냥 평소에는 잊고 지내는 정도가 적당하다. 혹은 '만약 다음 생이 있다면 그때도 괜찮다.'라고 할 만큼 가볍게 생각해도 좋다.

지금 당장 접점이 있는 사람과 함께하는 일에 집중하고 있으면, 언젠가 '그 타이밍'이 찾아올 것이다.

##  인간관계 정리를 시작한 사람들의 이야기

### 50대 여성

내가 아는 모두를 일단 '아무래도 상관없는 상자'에 넣었더니 정말 속 시원하게 느껴졌다. 그동안 상대를 잘 알지 못하면서도 특별한 상자에 넣어 두었기 때문에 내 마음대로 기대하기도, 배신당했다고 생각하기도 했다. '아무래도 상관없는 상자'에 넣은 사람은 그 사람이 어떤 방식으로 나를 대하든 내게 전혀 영향을 주지 못한다는 사실을 깨닫게 되어 마음이 정말 편하다.

### 40대 여성

내게 맞게 인간관계를 정리할 수 있었다. 정리하는 법을 배우고 마음 편히 주변의 인간관계를 정리했다. 정말 간단한 방법을 알게 되어 기쁘다. 요즘에는 인간관계가 점점 편해진다고 느낀다.

## 40대 여성

옛날부터 인간관계 때문에 고민이 많았는데, 이런 개념과 사고방식을 알게 되고 충격받았다. 지금까지 고민했다는 사실이 믿기지 않는다. 이제 더는 인간관계로 고민하지 않고 살려고 한다.

## 30대 남성

처음 인간관계 정리를 시작했을 때는 상자를 나눠야겠다는 의식이 필요했지만, 익숙해지니 의식하지 않고서도 할 수 있게 되었다. 그리고 각각의 상자 덕분에 인간관계에서 받는 스트레스가 크게 줄었음을 실감했다.

## 40대 여성

불편한 관계였던 직장 상사를 '아무래도 상관없는 상자'에 넣었더니 사소한 일들이 신경 쓰이지 않게 되었다. 앞으로는 싫어하는 사람들에게 내 에너지를 쓰지 않고 살 수 있을 것 같다.

## 40대 여성

'이유 없이 끌리는 상자'의 사람은 어째서 끌리는지 이유는 몰라도, 그 사람만의 특별한 상자가 만들어진다는 점을 알 수 있었다. 그런 사람들은 아마도 내가 앞으로 살면서 하고 싶은 일과 관련되어 있을 가능성이 크다는 생각이 든다.

## 50대 여성

정말 쉽게 생활에 바로 적용할 수 있었다. 인생이 시원하게 풀리는 느낌이 들어서 기분이 좋다.

## 40대 여성

거리를 두고 싶었던 사람을 '아무래도 상관없는 상자'에 넣었다. 그렇게 하니 그 사람과 만났을 때도 굳이 좋은 사람인 척할 필요 없이 의연한 태도로 대할 수 있게 되었다.

또, '특별한 상자에 넣고 있던 사람'이 수업에서 스태프를 모집하길래 지원했더니, 그 수업의 부반장으로 발탁되기도 했다. 이렇다 할 이력도 없는 내게 그런 일을 맡기다니 의외였다. 그 사람을 대하는 일도 처음에는 걱정되었지만, 지금은 조금씩 관계성이 생기기 시작했다.

## 60대 여성

나를 만나면 항상 자기 고민과 불만만 이야기하던 사람과 엮이고 싶지 않아서 고민이었다. 하지만 상자를 만들고 내 입장과 태도를 정해 놓으니, 그 사람을 만나도 편하게 대할 수 있게 되었다.

## 50대 여성

다른 사람에게는 들키지 않는 마음속 상자로 인간관계를 분류하기만 했는데도 그 사람을 대하는 내 속마음을 알 수 있게 되었다. 그리고 지금까지 불필요한 에너지를 쓰고 있었다는 사실을 깨달았다. '상자 이론'을 사용하면서 정신적으로 아주 편해졌다.

## 50대 여성

시아버지의 장례식에 가지 않기로 결정했다. 아무래도 상관없는 친척들과 마주하는 일은 내게 큰 의미가 없었기 때문에 죄책감도 없었고, 모두가 납득할 만한 이유를 대고 참석하지 않았다. 그 대신, 시아버지를 정말 좋아했던 사람들끼리 모여서 장례식 전날 조용히 애도할 수 있었다.

## 40대 여성

감정을 내려놓고 인간관계를 분류해야 한다는 말에 정신이 번쩍 드는 기분이었다.

**40대 여성**

스트레스가 느껴질 때 시도해 볼 만한 방법을 알았다는 사실만으로 마음이 편해졌다. 실제로 해 보고 나서도 확실히 스트레스가 줄어들었음을 느낄 수 있었다.

**50대 여성**

지금까지는 누군가가 만나자고 할 때 단순히 '시간이 있기 때문'에 만났다. 하지만 코로나를 계기로 그러지 않아 봤다. 거절할 수 있는 명분이 생겼기 때문에 정말 만나고 싶은 사람인지 아닌지 잘 생각하고 만나게 되었다. 그러자 나를 위한 시간이 생겼다. 여태껏 무리해서 사람들을 만났는데 그런 생각조차 못 하고 있었음을 깨달았다. 정말 다른 사람과 만나고 싶다는 마음보다는 단지 외로웠고, 그저 좋은 사람이 되고 싶었을 뿐이었던 듯하다.

**50대 여성**

어떤 사람과의 만남이 매번 즐겁지 않고 힘든 이유가 무엇인지 생각했다. '상자 이론'을 통해 그 사람을 잘못 분류하고 있었음을 깨달았다. 그 사람을 '아무래도 상관없는 상자'에 넣고, 내게 불필요한 사람이라는 라벨을 붙이고 나니, 그 사람과 만나지 않을 수 있었다.

직장에도 '이 사람은 불필요하다.'라고 생각하는 사람이 있어서 또 한 번 시도해 보려고 한다.

## 40대 여성

'인간관계 정리'를 하고서 실감한 부분은 내가 생각 이상으로 상대를 단정 짓고 있었다는 점이다. 내 바람을 상대에게 강요하고 있었음을 알아차리게 된 점은 내게 정말 중요했다.

'이유 없이 끌리는 상대'는 감각적으로 이유 없이 끌려야 하는데, '이 사람은 특별한 사람'이라고 단정 지어 버렸고, 아무것도 느껴지지 않는데도 무리하게 관계를 이어 나가려고 해서 정작 중요한 부분을 볼 수 없었음을 깨달았다. 그 사람이 내게 특별한 사람으로 있어 줬으면 했기 때문에 놓지 못했고, 그것이 오히려 나 자신을 상처 입히고 있었음을 알게 되었다.

## 40대 여성

'설령 가족이라고 해도 내게 스트레스를 준다면 아무래도 상관없는 존재'라는 말이 내게 큰 도움이 되었다. 지금까지는 '가족이기 때문에 사랑하지 않으면 안 된다.'라고 생각했다. 특히 어머니에 대해서 나쁘게 생각하고 있던 나를 오랜 시간 책망했다. 하지만 내게 어머니는 '아무래도 상관없는 상자'에 넣어야 하는 존재였다. 처음에는 죄책감이 들었지만, 상자를 나눌 때는 감정 없이 담담하게 한다는 점이 중요하다고 배웠기 때문에 편안하게 할 수 있었다.

## 40대 남성

결론적으로 말하자면, 직장 상사와 거리를 두고 냉정하게 대할 수 있게 되었다. 아주 대하기 힘든 상사였지만, 어느 정도 거리를 두고 나니 마음이 편해졌다. 관계를 완전히 끊어 버릴 수는 없더라도 객관적으로 냉정하게 업무와 관련된 부분만 생각하게 되었다. 그렇게 하니 상사에게 일방적으로 지시만 받지 않고, 내 의견을 감정적이지 않고 냉정하게 이야기할 수 있게 되었다.

## 30대 남성

간단하게 이야기하면, 인간관계 정리를 통해 막다른 길에 서 있는 듯이 답답했던 내 인생이 어느 순간 기분 좋게 변화한 느낌을 받았다. 예전에는 사업가를 꿈꾸며 인맥을 만들기 위해 많은 사람을 만나던 때가 있었다. 봉사활동에 참가하거나 돈도 없으면서 사람들을 만나기 위해 비행기를 타고 지방으로 다니기까지 했다. 그러는 동안 인맥은 쌓이지만 '내 안에서 뭔가 말라 버리는 기분'이 들었고, 심지어 건강까지 나빠졌다.

그래서 '일단 모든 것을 리셋하자.'라는 생각으로 인간관계를 정리하기 시작했다. 그러자 몸도 마음도 가벼워졌고, 뭔가 새롭게 움직이는 감각이 느껴졌다. 자연스럽게 흘러가는 듯한 감각이었다. 인간관계 이외의 것들도 필요 이상으로 하지 않았고, 짊어지고 쌓아 두지 않으려는 습관이 점점 몸에 붙기 시작했다.

덕분에 인생의 흐름이 뚫린 것처럼 느껴졌고, 만나야 할 때 만나야 할 사람들을 만날 수 있었다. 또, 타인에게 끌려가지 않고 내가 나답게 움직일 때, 내 마음에 솔직하게 행동할 때 비로소 그 흐름이 더욱 가속함을 깨달았다. 되돌아보면 인간관계 정리가 인간관계뿐만 아니라, 일과 인생 전반에도 큰 파급효과를 줬다는 생각이 든다.

# 인간관계가 괴롭다면
# '마음의 상자'를 꺼내 보자

인간관계가 괴롭다고 느껴질 때는 언제일까? 자신의 마음과 생각이 전해지지 않을 때, 원치 않는 뭔가를 강요받을 때, 자기가 하고 싶은 일이 아니라 '해야 하는 일'이 늘어갈 때… 여러 가지 상황이 있으리라 생각한다.

내게도 예전에 그렇게 내가 떠안은 것들에 짓눌려 살던 시기가 있었다. 하지만 그것은 결코 '인간관계 그 자체'가 싫어서가 아니었다. 오히려 다른 사람과의 연결이 필요했기에 도망치지 못하고 묶여 있었다. 그리고 마음 깊은 곳에서 순수하게 '어딘가에 정말 스스럼없이 만날 수 있는 관계가 있겠지.'라는 바람을 가졌다. 만약 자신에게 조금이라도 그런 마음이 있다면 '마음의 상자'를 꺼내

놓을 시점에 와 있을지도 모른다.

　나는 전통문화에 정통한 사람들과 가깝게 지내고 있고, 그들에게서 많은 것을 배웠다. 그리고 깨달은 점은 옛날부터 어떤 사람이라도 '마음의 상자'를 벗어 버리면 그 안에 '순수하게 빛나는 마음이 있다.'라는 개념이 존재했다는 사실이다.

　'인간(人間)'이라는 말을 사전에서 찾아보면 '사람이 사는 곳, 세상, 사회'라는 설명이 나온다. 이는 우리가 원래부터 사람을 개인이 아니라 '사람(人)'과 '사람(人)'과의 '관계(間)'로 의식하고 있었다는 뜻이다. 지금 이 책을 읽는 '당신'과 '나' 사이에서도 '관계'가 생겨나고 있다.

본문에서 '이유 없이 끌린다.'라는 심리에 관해 이미 자세히 설명했다. "이유가 없다."라는 말은 이해타산을 따지지 않는다는 뜻이다. 단지 그 상대에게 '이끌린다는 사실'만이 존재한다. 이는 상대와의 관계를 '마음'으로 느끼는 작용이다. 즉, '진심'으로 대하기만 해도 그 상대와 만나는 의미를 이해할 수 있다.

원고를 집필하는 과정에서 나는 독자인 '당신'과의 관계를 마음으로 느끼고, 진심으로 접하기 위해서 어떻게 하면 좋을지 생각했다. 그런 생각 끝에 최선이라고 느낀 방법은 내가 '이유 없이 끌린다.'라고 느낀 사람들과 라이브 방송을 하고, 그 대화를 정리하는 것이었다. 그리고 그 대화를 정리해 준 사람도 전문가가 아니라 '이유 없이 끌린다.'라고 느낀 동료들이었다. 또, 원고를 함께 정리해 준 편집팀 팀원들도 신기할 정도로 나와 마음이 통하는 사람들이었다. 이 책 자체가 '이유 없이 끌리는 상자'로 맺어진 구성원들에 의해 만들어졌다고 할 수 있다. 만약 당신이 읽는 동안에 '이유 없이 끌린다.'라는 느낌이 들었다면, 그 또한 운명적인 만남이라고 할 수 있을 것이다.

'인간관계'는 앞으로 살아가는 내내 중요한 테마가 될

것이다. 본문에 담긴 내용은 '그 순간의 인간관계'를 그때그때 파악하고 마음 편하게 살 수 있도록 도와줄 것이다. 이 책이 앞으로도 당신의 파트너로서 계속 함께할 수 있기를 바란다.

인생의 모든 고민을 해결해 주는 관계의 심리학

# 인간관계 정리 상자

지은이 | 호리우치 야스타카
옮긴이 | 최우영
펴낸이 | 이동수

1판 1쇄 펴낸날 | 2023년 11월 19일

책임편집 | 이형진
디자인 | ALL design group
일러스트 | 시라네 유탄포

펴낸곳 | 생각의날개

주소 | 서울시 강북구 번동 한천로 109길 83, 102동 1102호
전화 | 070-8624-4760
팩스 | 02-987-4760
출판등록 2009년 4월 3일 제25100-2009-13호

ISBN | 979-11-85428-76-5 03180

· 원고 투고를 기다립니다. 집필하신 원고를 책으로 만들고 싶은 분은 wingsbook2009@naver.com으로 원고 일부 또는 전체, 간단한 설명, 연락처 등을 보내주십시오.

· 책값은 뒤표지에 있습니다.

· 잘못된 책은 구입하신 곳에서 교환해 드립니다.